暗夜の獣

闇の抱擁・光のキス3

CROSS NOVELS

洸
NOVEL:Akira

緒田涼歌
ILLUST:Ryouka Oda

CROSS NOVELS

CONTENTS

CROSS NOVELS

CONTENTS

暗夜の獣
人物紹介
●ニコル●
修行中の魔法使い。類い稀な美貌の持ち主で悲しい過去にも負けずに、旺盛な好奇心と下心で恋仲のローランドを翻弄している。
●ローランド●
ニコルを守り、なによりも大切にしている剣士。落ちついた大人のように見えてニコルには振り回されっぱなし。

暗夜《あんや》の獣《けもの》

闇の抱擁・光のキス3

CROSS NOVELS

プロローグ

炎が、すべてを焼き尽くそうとしていた。

家を焼き、田畑を呑みこみ、血のように赤く空を焦がす。逃げ惑う人々の悲鳴が、崩れ落ちる壁の音と交錯した。

炎は、容赦なく人にも襲いかかっていく。子供も、女性も、なす術《すべ》もなく打ち倒された。

それは、かつて見たことがある光景だ。

恐怖と憎悪。

焦げた肉と、血の匂い。

倒れている一人の男が見えた。黒髪が乱れて、背に舞っている。剣士の力強い腕は投げ出され、苦痛に歪められた漆黒の瞳。

次の炎は、彼を狙っていた。

恐怖に喉を締めつけられ、悲鳴すらあげられない。なんとか彼を救わなければと心ばかりがあせる。どうすればいいか分からないまま、炎が飛んでくる先を凝視した。

身体をすっぽり包む黒いローブ。黒い頭巾。その黒ずくめの人影の手から、残酷な紅蓮《ぐれん》の炎が放たれていた。

白い横顔が、頭巾の中からのぞいている。プラチナブロンドに、淡いブルーの瞳。炎の照り返しを受けて、その瞳はわずかにグリーンがかっていた。

ニコルは飛び起きた。

「あ…」

一瞬、自分がどこにいるのか分からない。ニコルは目を瞬《またた》き、そこがいつもの寝室だということを確認した。

心臓が嫌な鼓動を刻んでいる。窓から差しこむ月明かりで、隣で寝ているローランドが見えた。漆黒の髪に縁取られる端麗な横顔。彫刻のように、男らしい鼻梁。確かに呼吸しているのを確認して、ニコルはほっと安堵《あんど》の息を吐いた。

そうっと頬に手を触れる。ローランドが身じろいだ。

「ニコル?」

漆黒の瞳が開き、ニコルを捉えた。

「どうした?」

「なんでもない」

首を振ると、ニコルのプラチナブロンドがぱさぱさと揺れた。

「あんたは寝ててくれ」

額に軽くキスをして、ニコルはベッドを出た。

温かな場所から離れ、ドアを抜けてまっすぐ外へ出た。まだ夜は明けてはおらず、暗い夜空に月がくっきり姿を見せていた。冴え冴えとした月の光の中でニコルの髪が不思議な光彩を放ち、その美貌を映しだす。どこか、この世のものではないように。

夢の余韻が、まだニコルの肌に残っていた。

最後に見た黒頭巾の男の顔。あれは、ニコルだった。黒魔術師だった父のガルデアではなく。

ぶるっと身体が震えた。絶対にそんなはずはないのだ。ニコルが闇に惹かれることなどあり得ない。その結果を、誰よりもよく知っているのだから。

黒魔術は優しかった父を変え、故郷を灰にし、母とニコルは人目を避けて、村から村へとさまよわねばならなかった。

ニコルは、父のようには絶対になりたくない。それでも、奇妙な悪寒はぬぐえなかった。

ふいに、温かいものがニコルの身体を包んだ。ローランドが背後からニコルの肩にマントをかけ、そのままゆるく抱き締めた。

「身体が冷えてるぞ」

「起きなくていいって言ったのに」

「ベッドが寒くてね」

後ろからまわされたローランドの腕を、ニコルはきゅっと握った。温かくて泣きそうになる。軽く抱き締められているだけなのに、こんなに温かくなったことはなかった。ローランドに会うまでは。

絶対に、この腕だけはなくせない。

「ほんとうに、どうした？」

らしくないニコルの様子に、心配そうな響きが混じる。ニコルはさらにきつく、ローランドの腕をつかんだ。

「ローランド」

「なんだ？」

「もし俺が、俺じゃないものになったら、あんたが始末してくれ」

触れていたローランドの身体が、こわばるのが分かった。

「馬鹿を言うな」

「本気なんだ」

顔を見られないように、ニコルは腕を離さなかった。

「俺だって考えたくないけど、ザイアードとか、あの妙なケアルとかが、気になることを言ってただろ。ひょっとしたら、俺の知らない何かがあるのかもしれない。それでさ、もし、もしもだよ、俺があんたやほかの誰かを傷つけるようなことをしたら、ちゃんと自分の身を守ってくれ」

「ニコル」

低い静かな声で呼ばれて、ニコルは震えた。強い力で身体を引き剥がされ、ニコルはローランドに向き合わされていた。

「お前らしくないな。いつもの強気はどうした」

「もしもって言っただろ」

「もし、何かあったとしても、俺がお前を引き戻してやる」

射抜くような漆黒の瞳が、心に斬りこんできた。

「だから絶対に諦《あきら》めるな。誰だろうと、何だろうと、お前が負けることはない。お前の強さは、俺が知っている。お前を失うことなど、俺が絶対に許さない。分かったか？」

「うん…」

強い、と言われたことに不思議と安心して、ニコルの心がゆるんだ。

ずっと、力が欲しいと思ってきた。人を傷つける力ではなく、大切なものを守るための力が。

ことりと胸にもたれてきた身体を、ローランドが抱き締めた。輝きを増したような月が、二人の姿を包んでいた。

剣があった。

どこか暗く、静かな、奥深い場所に。

真っ暗なはずなのに、その剣だけは光に包まれ、鞘《さや》と柄《つか》に施された見事な装飾を際立《きわだ》たせている。そして、誰かを待っていた。

その鞘から、剣を引き抜く誰かを。

咆哮《ほうこう》がきこえた。闇にまぎれる獣の咆哮だ。牙は長く研ぎ澄まされ、全身は黒い毛に覆われ、大きくて強くて恐ろしい。

けれど、なぜか恐怖は感じなかった。

彼は、その獣を知っている気がする。その目を、知っている。

冷たく、静かで、孤独な獣の瞳。確かにどこかで、見つめたことがあるような…。

アルヴィンは目を覚まし、ほうっと大きく息をした。

夢を見るのは珍しいことではない。それでも、こんなに胸を締めつけられるような感じがするのは初めてだ。

「アル？」

クラウドの腕が、アルヴィンの裸の肩にまわされた。

「夢でも見たのか」

「ええ。少し…」

「悪い夢か？」

「よく、分かりません」

アルヴィンはたくましい傷だらけの胸に、身体を擦り寄せた。アルヴィンの見る夢は、ある意味で重要である。アルヴィンは預言者だからだ。彼が見たものは、現実になる。

それでも、この夢はどこかいつもとは違う気がした。

クラウドが少し身体を起こして、アルヴィンの顔を見た。やわらかなブラウンの髪が縁取る優美な容貌が、不安を宿して翳《かげ》っている。クラウドはその頬に手を当てた。

「大丈夫だ」

いつも冷然としていて鋭い、クラウドのダークブルーの瞳が、アルヴィンを見る時だけ温かな光を宿す。

その瞳が、アルヴィンはとても好きだった。

「俺がいる」

低くて、深い響きのあるクラウドの声。

その声をきくだけで、アルヴィンは幸福な気持ちになれる。

「心配しないで眠れ」

「はい」

アルヴィンは微笑んで、クラウドの首に手をまわした。胸に抱き寄せてくれる腕は、硬くて強い。アルヴィンは安心しきって、その胸に身体を預けた。

安らかな気持ちに満たされて、すぐにまた眠りに落ちていった。

1

アルヴィンはカードを重ねて、脇においた。どうも、あまり調子がよくなかった。集中力が欠けているのが自分でも分かる。何かというと心を乱されてしまうのは、未熟な証拠だった。

部屋の片側では、ニコルが新しく習得したばかりの薬の調合をしていた。最近、皮なめし職人であるモレルの心臓の調子がよくないのだ。彼は元剣士で頑健な体つきをした老人だったが、それだけに無理をするのである。

アルヴィンは預言者であると同時に薬師である。アルヴィンが預言者の仕事をしている時は、ニコルが薬師としての仕事を手伝っていた。

心臓にきくはずの薬をニコルが混ぜ合わせたところ、それはいきなり火花を噴いて、ぼっと炎が立ち上った。

「うわっ」

ぎょっとしてニコルが器を取り落とす。それは床で砕けて、黒い煙と共に中身が飛び散った。

「ニ、ニコル！」

アルヴィンが慌てて立ちあがり、傍に駆け寄った。

「大丈夫ですか！」

「あ、ああ。驚いただけだ」

呆然としたまま、ニコルは自分の髪を触った。わずかに前髪が焦げていた。

「気をつけてください」

アルヴィンは床の上の炭化した薬の残骸を見て、ちょっと感心したように言った。

「それにしても、何を混ぜたんです？　こんな奇抜な反応は初めてですねえ」

「知らないよ。教わった通りにやったんだ。……たぶん」

ニコルはぼそぼそ言った。

「何かありましたか？　今日は妙に静かでしたし」

「別に。アルヴィンこそ、調子悪そうじゃないか」

「実は近頃、妙な夢を見ていて」

「え？」

ニコルはがばりと向き直った。

「どんな？」

アルヴィンは安心させるように微笑んだ。

「預言、というのとは違うようなんですけど、同じイメージが繰り返し現れるんです。独特の意匠が施された剣で、意味ありげではあるんですが」

紙束から一枚用紙を抜きとって、アルヴィンはそれに夢で見た剣を再現しようとした。

「柄の真ん中に大きな緑の石がはめ込まれていて」

筆でその形を記した。

「鞘には何かの植物の枝のような模様が施されています」

それも描いてみたが、あまり似ていなかった。蔦《つた》が絡まっているように見える。それが剣を縛《いまし》めているようにも見えるが、夢で見たものはもう少し美しかったはずだ。

「これ、魔剣じゃないか？」

ニコルがまじまじと絵を見ながら呟《つぶや》いた。

「魔剣？」

「そう。魔法書と並んで、魔法使いには伝説的な代物《しろもの》だ。ザイアードのところにいた時、魔力が強くなるものを色々調べたんだ」

「それで、魔法書を探すのに、わたしが必要だったんですよね」

ははは、とニコルは笑った。

「魔法書のほうが、効用が明快だったんだよ。あらゆる魔術が使えるようになるってさ。魔剣のほうは、いまいちはっきりしなかったんだ。手に入れた者は、強力な魔力が手に入るってのは同じなんだけど、相手によって魔力の発現の仕方が違うとか、結果がどーなるか分からないとか。世界を滅ぼすとかいう記述もあったし。せっかく手に入れても、使えなかったら役にたたないだろ」

実際には魔法書も、相手を選んでいるのだとアルヴィンは思っていたが、その話はおいておくことにした。

「世界を滅ぼすとは、やけに物騒ですね」

「それだけ、強力な魔力ってことなんだろ」

しばらく思案するように眉を寄せていたニコルは、ふいに、にっこり笑った。魅力的だが、何かを企《たくら》む時の笑顔だ。

「なあ、アルヴィン」

「駄目ですよ」

言われる前に、アルヴィンが制した。

「またそういう危険な物を探そうなんて、思わないでくださいね」

さすがに鋭い。優しそうな容姿で穏やかな瞳の預言者は、実はけっこう曲者なのである。

「でもさ」

ニコルは食い下がった。

「アルヴィンが夢で見たってことは、絶対、何かあるはずだ。魔剣が助けを必要としてるのかもしれないだろう」

「剣になんの助けがいるんです」

「そんなの、見つけてみなきゃ分からないさ」

「魔法書で懲《こ》りたんじゃないんですか、ニコル」

「あれは成功したんだぞ。ちょっと結果が思ってたのと違ったけど。今度は俺も用心するし、馬鹿な真似はしないと誓うから」

　真面目な顔を作った。

「ひょっとすると、ほんとうに何か危険が迫ってるのかもしれないだろう。俺だって、白の魔法使いの一員なんだ。ちゃんと調べて、ザイアードに報告したほうがいい」

「それは、まあ、わたしも気にはなるんですが…」

　アルヴィンは口ごもった。ふと、剣と共に登場する獣の姿を思い出した。確かに、呼ばれているような気はするのだ。ひどく、心を乱される何かに。

　アルヴィンが迷い始めたのを感じとって、ニコルは心の中でガッツポーズをした。彼を説得できさえすれば、ほぼ成功したも同然なのである。

「駄目だ」

開口一番でそう言われるのは予想していたので、ニコルは気にしなかった。

「見たのは預言者のアルヴィンなんだぜ。彼が行くって決めたんだ」

苦虫を噛み潰したようなローランドの視線が、アルヴィンに向いた。

「お前までなんだ、アル」

「すみません」

アルヴィンは苦笑した。

「でも確かに、ニコルの言うことにも一理あります。どうしてあの剣がわたしの夢に現れるのか、何か理由があるはずです」

「な、ほら。アルヴィンがそう言うんだから」

「お前はまた…」

頭を抱えるローランドに、ニコルはにっこりした。

「魔法書の時より、楽かもしれないぜ。魔剣は、一人の魔法使いがずっと守ってるんだ。白魔術師の中でも変わり種で、ほかの連中とは接触しないで南方で隠遁生活している。変わった名前だったな。ファーラとかフェスとか、ああ、フェイスだ」

気を落ちつけるように深呼吸をしてから、ローランドは二人の顔を交互に見た。

「本気なんだな？」

ブラウンの頭と、プラチナブロンドの頭が、こっくりと頷《うなず》く。もう一度、ローランドは大きく息をついた。

「仕方がない」

ぱあっとニコルの顔が輝いた。

「おい」

少し離れたところで成り行きを見守っていたクラウドが、胸の前で組んでいた腕を解いた。

「ほんとうにその魔剣とやらを探しに行く気か？」

ローランドが肩をすくめてみせる。アルヴィンが傍に行って、クラウドの腕に手をかけた。

「わがままを言ってすみません。一緒に行ってくれますか？」

厳しい表情のクラウドを見て、顔を曇らせた。

「あの、無理にとは言いませんから……」

「馬鹿を言うな」

クラウドが少し口元をゆるめた。

「あんたを一人でそんなところに行かせられるか」

「……ありがとう」

ほっとするアルヴィンの頰に、クラウドが軽く指を触れさせた。アルヴィンが少し赤くなり、甘やかな気分に包まれる。

ニコルはにやっとして、アルヴィンの背中をぱしっと叩いた。

「そうと決まったら、旅の用意にかかろうぜ」

意気揚々と言うニコルの声は、やけに楽しそうだった。

「あんたが同意するとはな」

旅の準備を始めるアルヴィンとニコルを横目に、クラウドはローランドの顔をちらりと見た。

「仕方ないだろう」

ローランドは渋い顔をした。

「二人がかりでこられて、拒否できるか？」

まずはアルヴィンを味方につけるあたり、ニコルの戦略はなかなかだ。ニコルだけならともかく、アルヴィンが一度行くと決めたら、そう簡単には覆《くつがえ》せない。二人が行くなら、ローランドとクラウドがもれなくついてくる、というワケである。

「それに、ニコルの奴が楽しそうにしてるからな。最近ちょっと、ふさいでたから」

「甘やかしてるな」

「人のことを言えるのか」

クラウドがアルヴィンを悲しませないためなら、なんでも承諾するだろうことは、預言者じゃなくても分かることだ。

「まあ、どっちにしろ、お守はあんたのほうが楽だろう。ニコルと違って、アルならむちゃなことはしない」

「どうだかな」

クラウドはかすかに苦笑を浮かべた。


微妙に機嫌の悪いローランドに配慮して、ニコルは夕食の間、あまり魔剣のことは話さなかった。彼が旅に乗り気でないのは分かるのだが、了承の返事はすでにもらっているので、気が変わらないようにそっとしておくのがいちばんである。

それでも、ローランドが静かに葡萄酒を飲み始めると、我慢ができなくなってきた。椅子に座っているローランドの足元にぺたっと座り、膝に頭を擦り寄せて身体をくっつけた。

「何してる?」

「あんたの機嫌が直るのを待ってるんだ」

ちょっと笑って、ローランドはニコルの頭を撫でた。

「別に、怒ってるわけじゃない」

「じゃあ、なんだよ」

「心配してる」

ニコルは顔をあげ、顎をローランドの膝に乗せた。

「魔法書の時とは違うんだぜ。フェイスを見つければいいんだから、そんな危険もないし」

「そうじゃない」

ローランドが漆黒の瞳に不可思議な表情を浮かべた。

「お前、まだ強い魔力が欲しいと思ってるんだろう」

ニコルは少しぎくっとした。

「いや、そんなことは…」

「力があろうがなかろうが、お前はお前だ。ほかの誰もお前の代わりにはなれないし、強力な魔法使いである必要もない。お前はそのままでいいんだ、ニコル。今のままのお前が、俺には必要だ。分かってるか？」

「ローランド…」

ニコルの瞳が揺れた。

「俺も…、俺も、ローランドがいればいい」

「じゃあ、魔剣なんか必要ないだろう」

「でもあれは、魔法使いにとっては大事なものなんだ。力はないけど、俺はザイアードの弟子なんだぜ。何か役にたちたいだろ。おかしなことにならないように、ちゃんと気をつける。心配させるようなことはしないから」

ローランドはニコルの顔を両手で包んだ。

「ほんとうだな」

「たまには俺を信じろよ」

「お前がいつもむちゃをするから、信用できないんだ」

「ひどいなあ」

ニコルはローランドの手を取って、そこに口づけた。

「今のままの俺でいいって言ったくせに」

両方の手のひらにキスをする。さらに膝から太腿にもキスをしながら、ローランドの足の間に入りこんだ。

「おい、ニコル」

「だって、さっきから煽るようなこと言うから」

「またお前は…」

「我慢できない」

ローランドの着衣に手をかけて、上目遣いで見上げた。

「駄目か？」

諦めたような吐息がもれた。

「駄目だと言ったら、やめるのか？」

「いやだ」

ニコルは扇情的な笑みを浮かべ、手を伸ばした。

服の上から触れると、ローランドのものがぴくりと動いた。着衣を開いて両手でそれを包み、しばらく眺めた。

不思議な感覚だった。母が死んだ後、ニコルは生きるために男の相手をした。ほかに、食べ物と寝床を得る術がなかった。黒魔術師の息子など誰も雇わなかったし、誰も面倒をみようとはしなかった。ザイアードに拾われるまで。

家族も財産もないニコルにとって、自分の容姿は最大の武器であり、使えるものは使わなければ意味がない、と思っていた。

楽しみと引き換えに、有利な状況を得る。特にそれで傷ついたりしなかった。むしろ、身体だけの関係のほうが楽だった。心などという厄介《やっかい》なものを持ちこまなければ、傷つくことはない。

やっていることは同じなのに、どうしてローランドが相手だと、こんな胸が締めつけられるような気持ちになるのだろう。心がともなったセックスがどんなに快感を与えてくれるのか、ローランドに会って、初めて知ったのだ。

「ローランド」

かすれた声で呼んで、ニコルはそれに口づけた。彼の香りを吸いこみ、舌で味わった。硬く屹立してくるのが嬉しくて、舐めまわして突つき、口にふくんだ。

ローランドがかすかにうめき、ニコルの髪に手をやった。

髪を引っ張られる感覚にさらに興奮した。熱心に彼をしゃぶって、喉までくわえこむ。そのままのお前が必要だ、と言ってくれたローランドを、今はただ悦ばせたかった。

「ニコル」

ローランドが頭をつかんだ手に力を入れて、ニコルをそこから離させた。

赤く濡れた唇で息をつき、ニコルは不満そうな顔をした。

「なんだよ。よくなかったか？」

「いや。もうイきそうだ」

「だったら…」

また顔を伏せようとするのを、ローランドの手がとめた。

「今日は言わないのか」

「何を」

「俺が欲しいって」

ニコルはちょっと赤くなった。

「俺はあとでいい。先にあんたをイかせたかったのに」

「珍しくつつましいな」

「つ、つつましい？　誰に向かって言ってんだ」

文句を言うニコルの脇の下に手をまわし、ローランドが膝の上に抱きあげた。

「俺のほうが我慢できない。早くお前が欲しい」

どきっとニコルの鼓動が大きく打った。ニコルのほうが、いわゆる手練手管《てれんてくだ》には長《た》けているはずなのに、ローランドは時々こういうことをやる。

ニコルをまるで、初めて抱かれるような気分にしてしまうのだ。

「ローランド、それ、ずるいだろ」

「なにがだ」

ローランドの手が、ニコルの反応しているものに触れた。

「俺のをしゃぶってるだけで、勃ったのか？」

「うるさいな」

主導権を取られてしまった悔しさに、ニコルはローランドの首筋に軽く噛みついた。

「あんたに触ってるだけで、俺は感じるんだよ。悪かったな」

「悪くない。光栄だ」

ローランドは笑って、ニコルを首筋から引き剝がし、いたずら好きの唇を唇でふさいだ。ニコルの胸衣を腰帯から引きだし、素肌に指を這わせる。

探り当てた乳首を弄《いじ》られて、ニコルは身悶えた。

「俺が、欲しいなら、焦らすなよ」

「さっきは俺を好きにしただろう」

こりこりと硬くなった乳首をこすられ、すっと脇腹を撫でる。そこが弱いニコルは、びくっと震えた。

「やだっ…、はやく…！」

太腿の上で腰を揺らした。木の椅子が、がたがた鳴った。

「俺を欲しいって、言ったろ…」

「ああ」

ローランドはすばやくニコルから着衣を脱がせ、自分の上に跨《また》がらせた。ローランドの猛ったものが、入口にあてがわれる。両手でニコルの腰を支えながら、ゆっくりと自分を沈めていった。

「んんっ…」

不安定な姿勢ながら、ニコルはローランドの首にしがみつき、スピードを調整した。彼が入ってくる時が、とても好きなのだ。なんともいえない充足感に満たされる。

「ローランド…」

呼ぶ声が甘くかすれた。ニコルは自分で動き、彼を締めつけた。

「ああっ…」

ローランドが顔を伏せ、ニコルの乳首に舌を這わせた。軽く歯をたて、強く吸われる。ニコルの身体が弓なりになった。

椅子から落ちそうになるのを、ローランドの力強い腕が支えてくれた。

「あああ…!」

全身が震えて、限界を迎えた。二人はほとんど同時に達していた。

再びローランドの胸に身体を戻して、ニコルは笑った。

「椅子が壊れないでよかったな」

「お前が待てないからだ」

「俺だけ？」

ニコルはくすくす笑って、さっき嚙みついた首筋の痕を舐めた。

「ベッドまでが遠いんだ」

ローランドがニコルの髪を少々乱暴に撫でた。それから、彼を抱きあげた。

ニコルはちょこっと舌を出し、ローランドの首に腕をまわした。ベッドに下ろされるまで、幸せそうにぴったりくっついていた。

2

魔剣探しの旅に出たのは、十日後のことだった。アルヴィンには薬師として病人たちの様子を見る必要があるため、出発日は彼の判断に任された。

モレル老人の心臓の調子は良好で、くれぐれも無理はしないようにと注意してから、出発が決まった。

サームの町の人々が、ほんとうに心から心配して見送ってくれたことに、ニコルは感動を覚えずにはいられなかった。宿屋のカーナは手作りのお弁当を山ほど持たせてくれたし、みんなが気をつけて行くんだよ、と言ってくれる。

アルヴィンやローランドだけではなく、自分もこの町の一員として受け入れられている、ということを再認識できた。

ここはニコルにとってもう故郷であり、我が家と言える唯一の場所なのだ。

かつてニコルは、町から町へと渡り歩いてきた。ザイアードのところにいた時も、そこが自分の居場所だとは思えなかった。我ながら、この町を立ち去るのがこれほど辛いのは驚きだった。

「ニコル?」

しつこく町を振り返っていると、ローランドに訝《いぶか》しげな顔をされた。

「なんでもない」

ニコルは照れ隠しにそっぽを向いた後、ぼそっと言った。

「また帰ってこような」

「当たり前だ」

ローランドがくしゃっとニコルの髪を撫でた。

南へは広い街道が通っていて、旅をするには楽な道程《どうてい》だった。商売をするために行き来する商人も多く、たまにはオルクスが引いた荷馬車とすれ違った。

昼過ぎになると、休息がてら食事をとることにした。ニコルが街道をそれて林の中に入り、ランチを広げるのにちょうどいいような開けた場所を見つけだし、そこで食べることにした。

四人はカーナが作ってくれたお弁当を囲んで座り、そのおいしさに舌鼓《したつづみ》を打った。差し迫った脅威があるわけではないので、四人ともにのんびりしたムードがあった。クラウドを除いた三人には久々にする一緒の旅で、懐かしいような気分になった。

前に旅に出た時は、アルヴィンとローランドが恋人同士だとニコルは思いこんでいた。実際には、アルヴィンはローランドの義理の弟で、まさか自分がこんな風にローランドと暮らすことになるとは、思いもしなかった。

魔法書のことは、今でもちょっと惜しかったなと確かに思う。それでも、今の暮らしと引き換えなら、何度燃やしてしまってもかまわなかった。

ぼんやり感慨にふけっていたので、空模様が怪しくなってきたのに気づくのが遅れた。気がついた時には、食べ残したお弁当に雨粒が落ちてきた。

「わっ、まずい」

ニコルが慌てて残りの食料をまとめた。雨粒はたちまち大きくなって、あちこちに降り注いできた。

「向こうの木の下に移動するぞ。急げ！」

ローランドが叫び、アルヴィンの上に自分のマントを被せた。そのまま肩を抱くようにして、小走りで大きな木の下に移動する。ニコルはちらっとそれを見てから、荷物を抱えて自分も走り出したが、ローランドたちとは別の木の下に駆けこんだ。

空は明るいのに雨はやむ気配がなく、まるでベールのように辺りを包んだ。雨宿りの屋根を提供してくれる木の枝の下は、水の中に閉じこめられたようだ。

葉の間からもれてきた水滴がかかり、ニコルは首をすくませた。そうすると、ふわりと自分の肩にマントがかけられた。

驚いて振り返る。そこにいたのは、クラウドだった。

「寒いのか」

「いや」

ニコルは首を振り、しばらく沈黙した。雨の音が、不思議な静けさを醸《かも》し出していた。

「なんかさ」

ぶすっとした口調で切り出した。

「やっぱりあの二人、恋人同士みたいに見えないか？」

雨のベールの向こうの木の下には、アルヴィンとローランドがいるはずだ。咄嗟《とっさ》の場合に、ローランドがアルヴィンのほうを気遣うのはいつものことである。

最初に出会った時から。

クラウドがかすかに口の端をあげた。

「俺には、過保護な兄貴みたいに見えるがな」

「そうなんだけど。あんたは気にならないのか」

「なんだ、妬《や》いてるのか？」

おもしろがっているような声の響きに、ますますニコルは不機嫌になった。

「ああ、あんたはいいよ。アルヴィンはあんたにめろめろだもんな」

「めろめろ？」

珍しい言葉をきいた、というようにクラウドが繰り返した。

「ローランドはお前にそうじゃないとでも？」

「知るもんか」

クラウドがニコルの顎に手をかけて、上を向けさせた。

「じゃあ、俺たちで妬かせてやるか」

表情のないダークブルーの瞳とは裏腹に、官能を刺激するような声。ニコルの背筋がぞくっとした。クラウドはいわば獣のオスで、『獲物』を屈服させる容赦のない危険さを持っている。アルヴィンの傍にいるとそれがまったく消えているのが、むしろ不思議なほどだ。二人の視線がぶつかり、奇妙な緊張が高まった。

ニコルはクラウドに同じ匂いを感じていた。クラウドはまれにみる剣士で力も強く、ニコルとは違う。だが、考え方が似ているのだ。どちらも肉体の快楽をよく知っていて、それを利用する術を知っている。そして、その空《むな》しさも。

ある意味で、アルヴィンよりもニコルのほうが彼を理解できるだろう。ただし、互いの目の中に見るのは官能ではなくて、空しさのほうだ。

クラウドの目を見ながら、ニコルはお返しのように色っぽい流し目をくれた。

「俺にはいいけど、アルヴィン以外の奴に、そうやってフェロモンを垂れ流すなよ」

「お前にはきかないか」

「俺を誰だと思ってるんだ」

ふんっと鼻を鳴らして、偉そうに言う。クラウドは思わず口元を綻《ほころ》ばせた。

「それだけ自信があって、まだ妬いてるのか」

「うるさいな。アルヴィンは特別なんだよ」

「確かにな」

クラウドの表情が、ふとやわらいだ。

「だが、お前も特別だ」

「クラウド…」

ニコルはちょっと感激してその顔を見つめ、ほっぺたにお礼のキスをした。

「何してる」

唐突にかけられた声に、ニコルは飛びあがった。いつのまにやらローランドが後ろにいて、アルヴィンと立っていた。

すでに雨のベールはなくなっていて、ぬかるみだけが残っている。この地方の雨はスコールなので、一気に降るが、すぐにあがってしまうのだ。

ニコルは驚きから立ち直り、むっとした顔をローランドに向けた。

「あんたこそ、何やってんだ」

「なに？」

「アルヴィンの面倒をみるのは、もうクラウドの仕事だろ。あんたが余計なことやってるなよな。クラウドに悪いだろ」

言いたいことだけ言うと、さっさと街道に向かって歩き出す。ローランドは妙な顔で、ニコルの後姿からクラウドに目を移した。

「ああ、そうか」

ようやく合点がいったように言った。

「悪かったな。アルヴィンは身体が弱かったから、昔からくせになってるんだ」

「いや。俺よりニコルの心配をしたほうがいい。かなり、すねてたからな」

「まったく…」

ローランドは溜め息をつくと、ニコルを追っていった。後に残されたアルヴィンが、クラウドの顔を見上げた。

「わたしはもう子供ではないので、体力もついているから心配ないんですけど、ローランドが心配症なんです」

「そのようだ」

「何か気にしてます？」

「お前は？」

「え？」

質問を返されて、アルヴィンは少し赤くなった。

「わたしは、別に…」

「そうか」

「そろそろ二人を追ったほうがいいでしょう。きっと、すぐに仲直りするでしょうから」

アルヴィンは穏やかに笑って、足を踏み出した。


その夜は、ラスターという町で一泊することにした。比較的大きな町で、広場には露店が並び、人も多くて賑《にぎ》わっている。ニコルは宿を取るのはまかせて、さっそく広場に向かった。

何人かに尋ねると、すぐにラスターの魔法使いの居場所が分かった。

大きな町には、たいていそれなりの力を持った魔法使いがいる。フェイスについて情報を集めるために、ニコルはそこに向かった。

ラスターの魔法使いは、町外れに立派な家を構えていた。堂々とした鋳鉄製《ちゅうてつせい》の門に、豪華な屋敷。ラスターでは、魔法使いはかなり優遇されているらしい。ニコルは感心しながら門をくぐった。

一人の白髪の老人が、応対に現れた。

「ここはタマリス様の屋敷。何かご用かな」

ニコルは『営業用』の笑みを向けた。

「私はサームの町の魔法使い、ニコルと申します。ぜひ、ラスターの魔法使いにお話ししたいことがありまして、こうしてやって参りました」

「ここでお待ちを」

老人は奥にひっこみ、ニコルはホールで待たされた。ぶらぶらしながら、やたらと金を使った部屋の派手な装飾を眺めた。それなりの力があれば、こんな暮らしができるということだろう。

しばらくすると老人が戻ってきて、ニコルを奥の部屋に案内した。

タマリスは灰色の髪をして、少々太りぎみではあるが、抜け目のなさそうな顔をしていた。年老いているように見えるが、それほどの年ではないようにも見える。力を持つ魔法使いは、年齢不詳だ。どれくらい生きているのか、正確に知るのは難しい。

ニコルは先ほどと同じように、にっこりした。

「初めまして、タマリスどの。私はザイアードの弟子で、ニコルと申します。実は折りいって、お尋ねしたいことがあって参りました」

タマリスは顔の筋の一本も動かさなかった。

「ニコルか」

「…私をご存知ですか」

「ああ、知っている。ザイアードも物好きなものだ」

口調には不穏なものがあったが、ニコルは一応まだ微笑を続けた。

「お尋ねしたいのは、フェイスという魔法使いのことです。とても重要な用件があるのです。何かフェイスのことで、きいていることはありませんか」

「ガルデアの息子が、あのものになんの用だ」

ニコルは一瞬氷りつき、それから微妙に表情を変えた。

「なるほど。俺のことを、よくご存知のようだ」

「無論だ。ガルデアが引き起こした悲劇は、私も目撃したのだ。ザイアードがお前を引き取ったときいた時は、正気を疑ったものだ」

「それはそれは。我が師も、ご心配には感謝することだろう」

皮肉たっぷりに言って、負けず劣らず冷たい目を向ける。タマリスはわずかに口を歪めた。

「先の闇との戦いでも、お前が関係しているときいたが、血は争そえんな」

「そういえば、ザイアードが黒魔術師と戦うために力のある白の魔法使いを呼び集めた時、あんたの姿はなかったな。どこかに雲隠れでもしてたのか？」

「なんだと」

初めて、タマリスの顔色が変わった。

「無礼なことを言うな、このできそこないが！」

「無礼はどっちだ、このエセ魔法使い！」

ニコルは怒鳴り、繊細な彫刻が施された椅子を蹴飛ばした。

「こんな金にまみれた魔法使いなんぞ、見たこともないね。どうせ謝礼を搾《しぼ》りとってるんだろう。白魔術師がきいて呆れるぜ！」

腹立ちまぎれに手を伸ばし、金色をしたグラスをタマリスに向けて飛ばした。ニコルが唯一できる、物質移動の魔法だ。

グラスはうまく飛び、タマリスに赤い液体をぶちまけた。どうやら、葡萄酒だったらしい。たぶん、上物なのだろう。

「き、貴様…！」

「ザイアードにあんたの飽食ぶりを報告しといてやるよ。楽しく暮らしてるってな！」

ニコルはべーっと舌を出し、反撃される前にさっさと退散した。

立派な屋敷から走り出て広場のほうまで戻っても、ニコルの怒りは収まらなかった。サームの町にいたせいで、こういう気分からは遠ざかっていた。以前なら、もう少し冷静に対処していただろう。

今ではニコルの素性を知るものは少なくなったが、タマリスは父を知っているようだ。ザイアードは白魔術師を集めて、黒魔術師となった父のガルデアを倒した。その時には、タマリスもいたのかもしれない。

過去はいつまでもニコルを追ってきて、こうして時々その存在を主張する。ああいう連中をいつか見返してやる、と誓った子供の頃を思い出させるのだ。

「くそっ」

いらいらして転がっている石に八つ当たりをしたところで、ニコルはクラウドに気づいた。クラウドはこちらに背を向けて、家の陰から広場のほうをうかがっていた。

「おい、クラ…」

声をかけようとした瞬間、クラウドが素早い一歩で近づき、ニコルの口をふさいだ。

「な、なん…」

クラウドの大きな手の下で、ニコルは驚いてもごもご言った。

「静かに」

ニコルが頷くと、クラウドが手を離した。ニコルはちょっと呟きこんだ。

「なんだよ、窒息するかと思っただろ」

「悪かったな。今、名を呼ばれるのはまずい」

「なんで」

ニコルは興味を引かれ、クラウドがいた陰から同じ方向をのぞいてみた。

「噴水の脇に、若い金髪の男がいるだろう」

「ああ」

ニコルは確認し、ちらっとクラウドを見た。

「前に悪さをした相手とか？」

「そうともいえる」

クラウドは肩をすくめた。

「前に、あの男の兄と戦ったことがある。俺を忘れていればいいが、ヘタに兄の仇《かたき》、とか騒がれると面倒だ」

「その兄貴、死んだのか」

「戦ったのは戦場だ。連中は相手の領主の守備兵だった。弟のほうはガキだったから、見逃してやったんだがな」

「ふーん」

ニコルはその若い男を観察した。クラウドやローランドに比べれば、体つきも細くて小さい。顔には、まだ大人になりきれていない幼さが残っている。しかし、腰には剣を佩《は》いていた。剣士である以上、斬り合いになってしまう可能性は充分にあるということだ。

「君子、危うきに近寄らずって言うからな。隠れてたほうがいいか」

「別に俺は相手をしてやってもいいが、アルヴィンがいるからな。死人を出したくない」

ニコルはおもしろそうな目を向けた。

「自分のほうが殺られるかも、とか思ったことはないのか」

「この俺が？」

笑みの形に唇が動いた。少しも笑ってはいないが、そこには絶対的な自信がある。ニコルにはその自信が不快ではなかった。

「なあ、ききたいんだけど」

興味津々《きょうみしんしん》という顔で続けた。

「ローランドとどっちが強いと思う？」

クラウドは眉をあげた。

「同じ剣士でも、奴と俺とでは種類が違う。ローランドの剣は、基本的に守るためのものだ。俺の剣は、殺すためのものだ」

「そっちのほうが強そう…」

「どうかな」

クラウドは自分の大ぶりの剣に触れた。

「何かを守るために絶対に諦めずに戦う者と、大義はむろん、自分の命もどうでもいいと思って戦う者と、どっちが強い？」

「うーん」

「傭兵集団が、正規軍に勝てないのはそこだ。しょせんはただ金のための戦いだからな。生きのびるために、殺すだけだ」

クラウドの瞳に影が差す。いくつもの苦痛と孤独を内包した翳り。ニコルにはそれが分かる。そして、それを癒せるものも。

「もう、どうでもよくないだろ」

「何が？」

「自分の命さ。アルヴィンがいるから」

クラウドは剣から手を離した。

「……そうだな」

「じゃあ、さっさとアルヴィンのとこに行けよ。きっと心配してるぜ」

どこかの家に入ったらしく、若い男の姿は広場から消えている。クラウドは家の陰から出て、ニコルを振り向いた。

「お前も、すねるのはほどほどにしておけ」

「余計なお世話だ」

むっとして言い返すと、クラウドはにやっとして歩いていった。

「ニコル」

声と共に背後から肩をつかまれて、ニコルはぎょっとした。

「ローランド、あんた、背後から忍び寄るクセをなんとかしろよ」

「誰が忍び寄ってるんだ」

呆れたような顔で、ローランドが手を離した。

「お前を探してたんだろう」

「なんで」

「この町の魔法使いのところへ行くと言ってたな。何か分かったか？」

ニコルは嫌なことを思い出し、顔をしかめた。

「何も」

「何も？」

「嫌なヤツだったんだよ。あんなのにきかなくてもいいさ」

それ以上話す気にはなれなかったので、背を向けて歩き出した。ローランドがすぐに追いついて、横に並んだ。

「何か言われたか？」

こういう時だけ、妙に鋭い。ニコルは口をへの字に曲げた。

「別にどうでもいいだろ」

「何を言われた」

「あんたには関係ない」

「ニコル」

うるさいなっと言おうとした口は、ローランドの口にふさがれていた。突然のことにニコルの思考が停止して、動けなくなった。

ローランドの唇には特別な力がある。なにしろ、百戦錬磨のニコルを仮死状態にして、身体の力を奪い、肌をとろとろに溶かして、夢中にさせる。

ニコルは腕をあげてローランドの首に巻きつけ、もっとキスをせがんだ。さらにキスが深くなり、飢えたようなキスがニコルを満たしてくれた。

ようやくローランドが唇を離し、ニコルは名残惜《なごりお》しげに額を肩につけた。

「だからローランド、こういうのはずるいって」

「何がだ」

「キスでごまかそうっていう古臭い手…」

「何をごまかすって?」

ローランドがニコルの顎をつかんで、顔をあげさせた。

「俺がこんな場所で理性が切れるのは、お前にだけだ」

ニコルは自分たちが広場のど真中に立っており、かなり注目を浴びているのに気がついた。それはおよそローランドらしくなく、確かに理性が飛んでいる。ニコルは嬉しそうにローランドの腕に腕を絡ませた。

「だんだん、俺に似てきたんじゃないか」

「やめてくれ」

憮然として言うが、腕は振り払われない。人前で彼といちゃつける珍しいチャンスに、さらにぴったりくっついた。

「あんな熱烈なキスは、滅多に見られないな。ラスターの町で伝説になるかも」

「お前を侮辱した魔法使いにも、見せつけてやればいい」

ローランドの低い声が、ニコルを癒してくれる。

お前だけだ、などという言葉だけで機嫌が直ってしまう自分に笑えるが、ローランドが傍にいれば、ほかのことはどうでもよくなった。

ニコルは魅力的な笑みを、見物客たちに振りまいた。

「もっと見せつける？」

「それは却下だ。宿に帰るぞ」

「お望みのままに」

ニコルは喉を鳴らすように答えた。


クラウドは、宿にいるアルヴィンのところには向かわなかった。彼は酒房に入り、酒を注文した。手の中で酒の杯をまわし、ゆっくり喉に流しこんだ。

クラウドが酔うことはほとんどない。それでも、ちょっとした気晴らしにはなる。

かつて、剣の腕をかわれて雇われていた戦場。あれは、ただの領地争いだった。だが争いは拡大し、片方は傭兵を集めて戦力を増強し、一気に攻勢をかけた。

血と死臭が漂うその場所で、金髪の頭が、兄の身体に取りすがって泣いていた。

『兄さん！　兄さん！』

クラウドの剣に腹を切り裂かれた男が、かすかに目を開け、弟を見た。

『逃げろ、カイン…、はや、く…』

そしてそのまま、動かなくなった。

少年は涙に濡れた目を見開き、クラウドを見上げた。重そうに剣を持ち上げ、叫び声と共に斬りかかってきた。

クラウドは一撃で、その剣を跳ね飛ばした。

『兄さんの言葉に従え』

クラウドは恫喝した。

『早くここから離れろ。安全な場所まで走れ！』

鼓膜がびりびりするような命令に、少年はびくっと反応した。そして次の瞬間、後ろを向いて駆け出した。

戦場ではすでに、勝敗がほぼ決まっていた。クラウドたちの軍は、生き残った敵の掃討に入っていた。少年が生きのびられるかどうかは、五分五分だった。

けれど少年は生きのび、彼の前に現れた。

誰かの仇だと言われることは、クラウドにとって珍しいことではない。言われるだけならいいが、実際に仇をとるために挑まれれば、クラウドは躊躇《ちゅうちょ》なく相手をした。

戦うことは、クラウドにとって本能のようなものだ。

彼の兄を殺したのだという話をした時、ニコルはただ「ふーん」と言っただけだった。そういう反応を返す人間は、なかなかいない。あの容貌だけを見れば想像できないが、ニコルにもまた、くぐりぬけてきた痛みがあり、それを乗り越える術を知っているのだろう。

ニコルとはどこか、同じ部分がある。だから話すのが楽だ。

アルヴィンはクラウドの傷に触れるたびに、それを自分の傷にしてしまう。彼を傷つけたくないと思えば思うほど、話せないことが増えるのだ。

クラウドの隣に赤毛の女性が座り、熱っぽい視線を送ってきた。

「一杯おごってくれる？」

「ああ」

手で合図をすると、酒房の主人が女性の前にも酒杯を置いた。

「どこから来たの？」

「北から」

「どこへ行くの」

「南へ」

女性の赤い唇が笑い、手がクラウドの硬い腿に置かれた。

「私の部屋で飲み直さない？　このすぐ先よ」

「まだ酒が残っている」

「じゃあ、飲み終わったら」

やわらかな身体がクラウドの肩にしなだれかかってきた。芳醇《ほうじゅん》な香りがする。それは誘う女の匂いであり、クラウドが何度も嗅いできたものだ。戦場の後、その血と興奮を洗い流すために。

ふと顔をあげると、戸口にいたアルヴィンと目が合った。びくっとしたような顔をして、慌てて戸口の向こうに消える。

クラウドは女の頭を押しやった。

「悪いな。帰る時間だ」

「ええ？」

きょとんとする女を残し、クラウドは金をおいて席をたった。

外はすでに日が落ち、空は闇に変わろうとしている。闇を追い払うように灯された町の灯りの中に、アルヴィンの後姿が浮かんでいた。

「アル」

振り向いたアルヴィンは、安堵と不安のどちらともいえない顔をしていた。

「宿に帰るのか」

「はい」

少し逡巡《しゅんじゅん》してから、アルヴィンは口を開いた。

「すみません」

「…なにが」

「邪魔を、してしまって」

クラウドの目が細められた。

「なんの邪魔だ？　俺はあの女と一緒にいるほうがよかったか？」

「いえ、あの…」

アルヴィンは目を伏せた。

「わたしでは、あなたにあげられないものがあるのでしょう？」

「なんだって？」

「たぶん、ニコルやあの女性なら、あなたに与えられるのに」

口に出してしまってから、アルヴィンは真っ赤になった。

「別に、嫉妬しているわけではなくて…」

「なんだ、妬いてくれたわけじゃないのか」

アルヴィンはクラウドの顔を見て、辛そうな顔をした。

「意地悪ですね」

「悪かった」

クラウドはアルヴィンの目元にキスをした。

「あんたより、ニコルやあの女が俺に何を与えられるんだ？」

どう言えばいいのか、アルヴィンはしばらく考えた。

「あなたがほんとうに求めているものが、わたしでは理解できないかもしれないので…。わたしには初めてのことで経験がないし、あなたがもし…」

情熱的なキスで、アルヴィンの言葉が途切れてしまった。

「俺が何を求めているか、宿に帰って教えてやる」

アルヴィンは再び赤くなり、黙って頷いた。

クラウドは性急にアルヴィンの服を脱がせ、ベッドに横たえた。アルヴィンはクラウドに逆らわないが、どこかまだ恥じらいが残っていて、それがクラウドを熱い気持ちにさせる。

キスをすると、舌の求めに応じて口を開く。舌を差し入れると、素直に舌を絡めてくる。クラウドが教えたのだ。初めから全部。

「あんたほど、俺に与えてくれる人間はいない」

「ほんとうに……？」

アルヴィンが輝くように微笑んだ。クラウドは痛みを感じたような顔をして、アルヴィンをぎっと抱き締めた。

「クラウド？」

「あんたは、綺麗だな」

溜め息のような声に、アルヴィンは目を伏せた。

「ぜんぜん綺麗なんかじゃありません。わたしは、醜《みにく》いんです」

クラウドは驚いて、身体を離した。

「何を言ってるんだ」

「ほんとは、嫉妬してました。ニコルといる時、あなたはとても肩の力を抜いていて、楽しそうに見えたので。わたしはニコルのことも大好きなのに、こんな気持ちになってしまうなんて。自分がすごく醜く思えて、すごく情けないです」

「アル……」

クラウドは再びきつく抱き締めた。

「悪かった」

アルヴィンは、クラウドが今まで付き合ってきた相手とは違う。恋愛の駆け引きなどというものはまるでできず、心は無垢なままなのだ。

「あなたが謝る必要なんて……」

「いや。俺も、妬いていた。あんたとローランドに」

「ローランドですか？」

アルヴィンが目を丸くする。クラウドは苦笑した。

「ニコルの奴を笑えないな。こんな俺は、醜いか？」

アルヴィンの鼓動が高まり、全身が熱くなった気がする。彼に、妬いてもらったと思っただけで。

「いいえ。何か、嬉しいと思うのは変ですか……？」

ストレートな言い方に、クラウドは笑った。

「俺も、あんたに妬いてもらって嬉しいんだ。あんたは少しも醜くなんかない。とても、綺麗だ。俺が出会った誰よりも」

「クラウド……」

アルヴィンは顔をあげて、そうっと手を首にまわした。すごく、彼のキスが欲しい。どうすればいいか分からないので、きゅっと手に力をこめて目を閉じる。クラウドはすぐに、望みをかなえてくれた。

クラウドのキスはいつも、なんともいえない甘い味がする。極上の蜜のようだ。彼にキスされるとアルヴィンの頭がくらくらして、もっとしてほしくなる。

さらにしがみついて、離れたくない意思表示をする。クラウドの大きな手が頭を撫で、望み通りに蜜のキスをくれた。

しばらくアルヴィンの望みをかなえてくれた後、クラウドの唇が離れた。今度はその熱い唇が、身体の上を這い始める。アルヴィンは震えながら、彼の唇が求めるままに、すべてに触れさせた。首に、胸に、乳首に。

「あ……」

アルヴィンは小さくあえいだ。口に手をやって思わず抑えようとすると、クラウドに手をつかまれた。

「声を出せと教えただろう?」

「は……い」

再び繰り返される愛撫に、アルヴィンは素直に声をもらした。

「あぁっ、んん…っ」

白い肌はうっすらと色づき、息は胸の中で弾んでいた。

「駄目だ。足を閉じるな」

無意識の内にクラウドの手に逆らおうとする膝に、クラウドが口づけた。

「そのまま開いて」

低い声に従って、アルヴィンがおずおずと足を開いた。

「もっと」

「クラウ、ド…」

「大丈夫だ。怖くない」

アルヴィンはこくっと頷いて、さらに開いた。自分のために開かれたそこに、クラウドは顔を埋めた。

びくびくっとアルヴィンの身体が跳ね、声がもれた。

アルヴィンの身体はとても素直だった。クラウドが与えるものは、なんでも受け入れる。初めて知った快楽に戸惑いながらも、それを隠そうとはしない。

そういう反応に、クラウドは思わず暴走しそうになってしまう。飛びかかってめちゃくちゃにして、何もかも自分のものにしたくなる。いつもそれを抑えるのが、一苦労なのだ。

「クラウド…」

「どうした？」

なるべく優しくきくと、アルヴィンが少し潤《うる》んだ目を瞬いた。

「あの、もう…」

ためらってから、小さな声で言った。

「もう、中にきてくれませんか…？」

「アル…」

「はやく、あなたと一つになりたくて…」

困ったような顔になる。

「駄目、ですか…？」

クラウドは大きく息を吐き、心を静めた。

「俺が求めてるものを、あんたほど知ってるやつはいない」

アルヴィンの頰がばら色に染まる。それに煽られたようにクラウドは動いた。足の間に身体を入れ、尻をつかんだ。ぐっと腰を進めると、アルヴィンの喉が鳴った。

クラウドが動きをとめる。アルヴィンは自分で腰を揺らし、小さく前後に動いた。彼を受け入れようとしてもがき、もっと深いところに導こうと動く。初めて抱いてから、少しずつアルヴィンはそういう動きを覚えたのだ。それはクラウドに、ぞくぞくする快感を与えた。

クラウドは求めに応じて突き、またぎりぎりまで引きぬいて、アルヴィンにさらに動きを覚えさせた。

「あ、ああっ…！」

アルヴィンが頬を上気させ、クラウドの背にしがみつく。クラウドはキスをしてやってから、身体を離させた。そうしないと、アルヴィンの顔が見えない。

彼が感じている顔が、クラウドを何より感じさせるのだ。

絶頂を迎えたのは、アルヴィンのほうが先だった。クラウドはさらに激しく動き、アルヴィンの中に放出した。

額にキスをして、クラウドはアルヴィンの横に倒れこんだ。腕で抱き寄せると、アルヴィンはくったりと身体を預けてきた。

「また、わたしが与えてもらってばっかりで…」

「馬鹿を言うな」

クラウドは抱く腕に力をこめた。

「俺はもっと山ほどもらっている」

アルヴィンの頭が少しあがった。

「ほんとうに？」

「ああ」

安心したように笑って、アルヴィンは頭をクラウドの胸に戻した。

「今回の旅は、確かに魔剣のこともあったんですけど、実はクラウドと町の外に行きたかったんです」

胸の鼓動をききながら、アルヴィンは白状した。

「…なぜだ」

「一つの場所にいると、旅が恋しくなるって言ってたでしょう？　だから、一緒に行ければいいと思って」

「そうか」

クラウドはアルヴィンの頭のてっぺんにキスをした。

「旅をしていたのは、居場所がなかったからだ。あんたがいれば、俺はどこにいてもいい」

「クラウド…」

「それを覚えておいてくれ」

「はい」

アルヴィンは幸せそうに微笑んだ。

翌朝、彼らは早朝に出発することにした。この町には、あまり長居する気になれなかったからだ。

しかし、そういう時に限って、運が悪いことがある。朝早くに出発しようとする旅人の中に、例の金髪の若い男、カインがいたのだ。彼らは広場でばったり顔を合わせてしまった。

いち早く気づいたニコルが咄嗟にクラウドの前に出たのだが、間に合わなかった。クラウドは長身だし、そう簡単に忘れられるタイプの男ではない。

金髪に縁取られた顔が、みるみる青ざめていった。

「あ、あんたは…!」

震える唇が言葉を絞り出し、無意識のうちに剣に手が伸びた。

クラウドは顔色一つ変えなかった。すっとアルヴィンから離れ、身体の脇に両手をたらした。リラックスしている感じだが、いつ斬りかかられてもいいように構えているのだ。

ニコルは素早く前に出て、柄にかけたカインの手を押さえた。

「やめたほうがいい」

ニコルが落ちついた声で言う。クラウドしか目に入っていなかったカインは、突然の闖入者《ちんにゅうしゃ》にぎょっとした。

「これを抜けば戦わなきゃならないし、戦ったら、血を流すしかなくなる」

「こ、こいつは僕の…！」

動揺のあまり、先の言葉を続けられない。ニコルはさらに穏やかな声を出した。

「あんたの兄さんは、剣士だったんだろう。剣士が戦場で命を落とすのは名誉なことだ。堂々と戦ったんだからな」

「え…」

カインは目を瞬いた。どうしてそんなことを知っているのか、という顔でニコルを振り返る。

ニコルはひどく優しく微笑んだ。

「こんなことをしても、兄さんは喜ばないよ」

天使のような笑みに虚をつかれ、カインはうろたえた。すべてを知っている全能者が現れたかのような目で見つめた後、身体を震わせた。

「僕は、逃げたんだ…！　怖くて逃げ出して、兄さんを見捨てた。兄さんはあの男に殺されたのに！」

「ここで彼と戦ったら、君のプライドが慰められるのか？」

一転して厳しい声で、ニコルは決めつけた。

「そんなのはただの自己満足で、迷惑なだけだ」

「そ、そんなこと…」

「彼が何か卑怯な真似をしたのか？　兄さんより強かったという以外に、何を？」

蒼白だった顔に赤みが差し、ニコルをにらみつけた。

「それとも、強い相手を倒して、名をあげたいか？」

綺麗なブルーの瞳が、グリーンがかって光る。カインは魅入られたように、ニコルの目を凝視していた。

しばらくすると、がっくり身体から力が抜けた。

「僕は…」

途方にくれたように呟き、柄から手が離れる。ニコルは再び優しい笑みを浮かべた。

「いずれ君も、大切なものを守って戦う日がくるよ。それまで、命は大切にするんだ」

カインが俯《うつむ》いたまま動かなくなる。戦意の喪失を見て取って、ニコルはそそくさとクラウドのところに向かった
「今のうちに、とっととずらかろう」

こそっと囁《ささや》いて、腕を引っ張った。血気にはやる者は、頭に血が上るのも早いが、冷めるのも早かったりするものだ。クラウドが特に反対もしないでその場を離れたので、ほかの二人も後に続いた。

広場を離れ、町を出ても、カインは追ってこなかった。

町の建物が見えなくなってから、アルヴィンがニコルの傍に来た。

「あれは、なんだったんです？」

「ああ、まあ、ちょっとしたデモンストレーションだよ。気にするな」

「…………」

クラウドは無表情のまま、何も言わない。ローランドがちらりと彼の顔に目を走らせた。

「…大丈夫か？」

冷たいダークブルーの目をすがめ、クラウドは口の端をあげた。

「俺はあんたとは違う。手にかけた人間のことなど、いちいち気にしたことはない」

「いや、アルヴィンだ」

「なに？」

「あいつを本気で怒らせると、ニコルより厄介だぞ」

クラウドが目をあげる。前方にいたアルヴィンが振り向いてこちらを見ていたが、目が合ったとたんに、ふいっと顔をそらせた。

「アル？」

クラウドは大股でアルヴィンに追いついた。

「どうした」

「早く町を出ようとしてたのは、さっきの人のせいですね」

アルヴィンの声は硬かった。

「どうしてわたしには言わなかったんです」

「もう昔の話だ」

「ニコルには話したのでしょう？」

「たまたま、そういうことになった」

「あなたが危険な目にあうかもしれなかったのに、わたしは何も知らないで、のんびり旅行気分でいたなんて」

「おい、大袈裟だな。これはただの偶然だ。この程度のことは危険のうちに入らない」

「あなただって、無敵じゃないんですよ！　怪我だってするんです！」

初めて会った時、クラウドは濃密な血の匂いに包まれていた。もう少し手当てが遅ければ、クラウドの命はなかったかもしれない。

それを思い出すと、アルヴィンのいつもはやわらかいブラウンの瞳が険しくなった。

「いいですか、二度とわたしに隠しごとをしないでください」

怖い顔でにらまれて、クラウドは苦笑した。確かに、ローランドの言うことは当たっている。

「分かった」

「ほんとうですか」

「ああ」

ようやく少し表情がゆるむ。クラウドは首を振って呟いた。

「確かに、無敵じゃないな」

「なんですか？」

「なんでもない」

クラウドは、アルヴィンにだけ向ける温かい瞳で彼を見た。

3

ラスターの町を出た後は、仇を訴える人物に会うこともなく、旅は順調にすすんでいった。再び彼らの中には、のんびりムードが生まれていた。

ところどころできかれるフェイスの情報は、噂の範囲を出ない。もう何年も、実際に彼の姿を見たものはいないようなのだ。

まだ生きているかどうかも、微妙なところだった。

もしもフェイスに何かあったとすると、魔剣を守るものがいなくなり、それは問題発生を意味する。彼らの旅の重要性が増すことになった。

フェイスがいると言われているのはアビネリアと呼ばれる山脈の麓《ふもと》で、人の住まない奥地だという。その辺りはナミレスという領主が治める、広大な領地だった。

ようやくたどりついたナミレスの居城がある城下町のサネアは、豊かに物が溢れ、平和で繁栄した町の活気があった。

「ここならもっと、フェイスのことが分かると思うな」

ニコルは物珍しげに、城壁に囲まれた城門を眺めた。城門には剣を佩いた兵士が立っていたが、一人一人の旅人を調べたりはしていない。よほど怪しい人物でなければ、自由に出入りできるらしい。ニコルは明るく兵士に挨拶した。

「こんにちは。この町に魔法使いはいるかい？」

「リドラック様のことか？」

「そうそう。その人はどこにいるんだ？」

「ナミレス様のところだ」

「お会いするにはどうすればいいかな」

「午後の数時間、ナミレス様は人々の相談を受けつける。話してみればいいだろう」

領主はきさくな人物のようだが、兵士たちもきさくである。この町がいかに平和かがよく分かった。

「ありがとう」

愛想よく言って、ニコルは城門を抜けた。

領主のお抱えの魔法使い、というのもなかなか楽しそうである。ラスターの町のタマリスと比べれば、ずっと力があるに違いない。力のある魔法使いとなると、ニコルのことを知っている可能性もあった。

「今回は、アルヴィンが預言者だって名乗って、リドラックのとこに行ったほうがいいかもな」

「なぜです？」

首を傾げるアルヴィンに、ニコルは肩をすくめた。

「また黒魔術師がどうのという話になると、ややこしい」

「黒魔術師？」

「親父のことで、いらぬ疑いを招く」

アルヴィンは驚いた顔をした。

「あなたのことで、余計なことは言わせませんよ」

きっぱり言われて、ニコルは笑った。

「阿呆な奴らに何を言われても、俺は別にかまわないけどね。情報は欲しいだろ」

「じゃあ、四人で行きましょう」

「雁首そろえて？」

ちらりとローランドを見る。彼はにやっと口元で笑った。

「確かにそのほうが、迫力がありそうだ」

領主の屋敷は豪華というより、堅牢という雰囲気の建物だった。かつては、近隣の豪族と主権を争っていて、その戦いの名残が残されている。

乗りこんだ四人組みは、確かにめだっていた。

ナミレスはいい領主らしく、なにかしら相談事を抱えた領民たちが謁見《えっけん》時間には列をなしている。その列の中にあって、それぞれがめだつ容姿と雰囲気を持つ旅装姿の四人は、異彩を放っていた。

「魔剣のことは話すんですか？」

「状況次第だな」

こそこそとアルヴィンと打ち合わせをしているうちに、彼らの番がまわってきた。

ナミレスの髪は真っ白で、老いが肌をたるませていた。しかし、まだ身体つきはがっしりしていて、現れた四人に興味深そうな目をやった。

「旅の方々か？」

声をかけられると、ニコルが進み出て礼を取った。

「お会いできて光栄に存じます。我らは、北方のサームという町から来たものです」

「それで用件とは？」

「こちらにおられる著名な魔法使い、リドラック様にお会いしたく参った次第です」

「リドラックか」

ナミレスはわずかに笑みを見せた。

「あの男も、たいがいひねくれ者だからな。気が向かなければ、このわたしにも会おうとはせん。でもまあ、せっかく来られたのだ。話は伝えるが、あまり期待はしないほうがいい」

「ご親切、いたみいります」

ニコルは深く礼をしつつ、魔法使いだとか、預言者だとかをアピールしようと考えた。リドラックの興味を引くような話をしておいたほうがいいだろう。

再び口を開こうとした時、ナミレスの表情が変わっているのに気づいた。まるで幽霊でも見たような顔で、一点を凝視している。

何事かと思って視線の先を追った。ナミレスが見ていたのは、背後に控えていたクラウドだった。

「領主どの?」

ナミレスは、はっとしたように顔を戻した。

「あの者は誰だ?」

険しい眼光を向けられて、ニコルはどきりとした。ひょっとして、またしても誰かの仇、などと言われたらえらいことである。相手が領主では、カインのように舌先三寸でなだめるのは難しそうだ。

「彼もサームの町からきた剣士で」

名前を言おうかどうか迷っていると、クラウドが一歩前に出て口を開いた。

「わたしの名はクラウド。それが何か？」

ゆったりとした口調だが、身体からは危険な気が発されている。こういう不穏な場面には慣れているようだ。

ニコルは困ってローランドを見たが、彼もまた次に起こることに備えるように身構えていた。

「クラウド、か」

ナミレスは繰り返し、何かを振りきるように首を振った。

「失礼した。ひどく知人に似ていたものでね」

ニコルは、ほっと肩の力を抜いた。

「彼がどなたかに似ているというのなら、それも何かのご縁でしょう。ぜひ、リドラック様にお取り次ぎを」

「伝えよう」

疲れたような口調でナミレスは答え、椅子から立ちあがった。

「今日はこれで終わる。あとは明日にしよう」

側近たちに手で合図すると、ナミレスは奥へ去って行った。

「ドキマギしたぜ。いったい、なんだったんだ？」

首をまわしてこわばりを解きながらニコルが言った。広々とした待合室に通された後も、まだ緊張の余韻が残っていた。

「さあな」

クラウドは肩をすくめ、窓から外を眺めた。

「あんなに驚くほど誰かに似てるってことは、クラウドの親類とかがこの辺りにいるんじゃないか？」

「知らんな。俺は捨てられていたのを、芸人の一座に拾われた。その連中に置き去りにされたのは、もっと北方の町だ」

「クラウド…」

アルヴィンが傍に来て、クラウドの腕に触れた。

クラウドは過去のことについて多くを語らず、アルヴィンもきこうとはしなかった。アルヴィンは彼の傷に触れてしまうのが嫌だったし、クラウドは自分の過去がアルヴィンを傷つけてしまうのを望まなかった。

自分の生い立ちなどクラウドにとってたいしたことではなかったが、アルヴィンはやはり辛そうな目をしている。クラウドは安心させるようにアルヴィンの手に触れた。

「どちらにしても、領主の様子はおかしかった。用心はしておいたほうがいいだろう」

ローランドが冷静に言って、ニコルを指先で呼んだ。

「リドラックという魔法使いのことは知ってるのか？」

「いや、ぜんぜん」

「…口のうまいやつだな」

「頼りになるだろ」

ニコルはにっと笑った。

「ラスターの町でも、たいしたもんだったよ」

「ああ、例の兄さんの仇？」

ローランドがふと眉を寄せた。

「お前には、クラウドも安心していろいろ話すようだな」

「妬ける？」

「…アルヴィンのことを心配してるんだ。俺にはクギをさしておいて、自分はどうなんだ。アルは駆け引きなぞできないんだからな」

「ふーん。俺より、アルヴィンのほうが心配なわけだ」

「そういう問題じゃない」

ここそこ言い合っているうちに、使いが彼らを呼びにきた。四人は案内されて屋敷の回廊を抜け、塔の頂部へと続く螺旋《らせん》階段を上り、八角形の部屋にでた。

そこで案内人は戻っていき、彼らだけが残された。

古めかしい部屋だった。壁には戦いの風景が描かれたタペストリーがかかり、肖像画が並んでいる。開け放たれた窓からは、目前に灰色のアビネリアの山々が見える。下のほうの峰は緑色で、段丘になって広がっていた。

アルヴィンが軽く声をあげたので、窓の外を見ていた全員が振り向いた。アルヴィンは、一つの肖像画の前にいた。

黒髪に黒い服をまとった美丈夫。描かれているのは上半身だけだが、その鋭い目と表情で、彼が戦うことを恐れない男なのだと分かる。

その容貌は、色違いのクラウドと思えるほど、彼によく似ていた。

「その人物は、前領主のエルデミロ様の若い頃だ」

背後から声がかけられた。忽然《こつぜん》と部屋に現れたように、背が高く、痩身の男が静かに立っていた。すっきりと整った顔立ちをしていたが、やはり年齢は微妙に分からない。

「あなたがリドラック？」

ニコルがきくと、首が縦に振られた。

「そう、わたしがリドラックだ」

「俺はニコル。どうぞよろしく」

にっこり笑って差し出した手に、リドラックはかすかに笑みを浮かべた。優雅な手つきで握り返す。彼に対するニコルの心証はだいぶよくなった。へんくつだ、と領主は言ったが、ラスターの魔法使いよりずっといい。髪も肌も、全体的に色が薄く、指も白くて細かった。

「あなたに会いにきたんだ」

「きいている」

リドラックは顔をめぐらせ、滑るように歩いた。

「なるほど。ナミレス様が驚かれるわけだ」

クラウドの前に立ち、遠慮のない視線を向けた。クラウドはうっそりと黙って、その視線を受けとめた。

「前領主ってことは、ナミレスの前の領主？」

ニコルがリドラックの注意を自分に向けさせる。リドラックが再び頷いた。

「ナミレス様は、エルデミロ様の弟君だ。亡くなられてから後を継がれた」

「妙に態度が大袈裟だよな。その前領主に彼が似てるからって、何が問題なんだ？」

「それは…」

ためらいが言葉に滲《にじ》む。その時、タペストリーの一つが動いた。その後ろに隠されていたドアが現れる。どうやらリドラックも魔法で現れたわけではなく、隠し扉があったのだ。

扉を勢いよく開けて入ってきたのは、亜麻色の髪をした若者だった。腰に巻いた黄色の帯。それは預言者の印だ。しかし、容貌にはまだ少年ぽさが残っている。若いと言われるアルヴィンよりも、さらに若かった。

「僕の言った通りだろう、リドラック」

挨拶抜きで言われ、リドラックはかすかに唇を歪めた。

「客人に失礼だぞ、キアナ」

キアナは意に介さず、四人の顔を順番に眺めた。まずはじろじろとクラウドを見た後、アルヴィンの黄色の帯に目をとめる。次にローランドと腰に佩いた剣、最後にニコルと目を合わせた。

「あんたは？」

「俺は魔法使いだ」

偉そうにニコルが答えると、あからさまに不審そうな顔をした。

「見えないな」

「そっちこそ、まるで預言者には見えない」

奇妙な対抗意識を持った二人に、リドラックが間に入った。

「やめなさい、キアナ。客人の方々は、こちらへ」

椅子があるところに向かう。ニコルとアルヴィンは座ったが、ローランドとクラウドは申し合わせたように、彼らの背後に立ったままでいた。キアナは無言でリドラックの隣に座った。

「さて、それで、わたしに用と言うのは？」

何事もなかったように切り出すリドラックに、ニコルとアルヴィンは顔を見合わせた。一つ咳をしてから、ニコルはわざとらしく厳《おごそ》かに切り出した。

「こちらはアルヴィン、預言者だ。彼が見た預言で我々はここに来た」

ちらりとキアナを見て、続けた。

「フェイスという魔法使いのことで、知っていることがあるなら教えてほしい」

「なぜフェイスを？」

「魔剣に関係があるからだ」

キアナが口を開きそうになるのを、リドラックは目で黙らせた。

「どのような預言か、きかせてもらえるか」

「魔剣が危機に瀕しているというものだ」

アルヴィンが咎《とが》めるような目で見る。ニコルは無視したが、アルヴィンは黙っていなかった。

「はっきりとしたものではありません」

アルヴィンはリドラックに言った。

「ただ、魔剣のイメージが繰り返し現れました。その傍で、魔剣を守っていると思われる獣も」

「獣？」

「ええ。その獣は、誰かを呼んでいるように思えました」

リドラックはしばらく考えるように黙った。

「魔剣とフェイスのことを、どの程度知っている？」

「彼が魔剣を守護しているということだけ」

「そうだ。だが彼は一度、剣の守護に失敗した。それ以降、山から出てこようとはしない」

「失敗って、何があったんだ？」

リドラックの顔がクラウドに向く。それからまた、視線をニコルに戻した。

「あれは、悲劇だったのだ。ここの領主と領民にとって」

薄くて白っぽく見える銀色の瞳が半分閉じられ、過去を思い出すような表情になった。

「エルデミロ様の時代は、近隣の豪族たちとの争いが続いていた。その中にあって、魔剣は大いなる脅威だった。あれは古《いにしえ》の昔に作られ、強力な魔力がかけられたもの。その魔力は、剣を抜いたものを呪う」

「呪う？　人を選んで魔力を与えるんじゃないのか？」

ニコルが口をはさむ。リドラックは首を振った。

「それこそが呪いなのだ。ある者には、ただの剣だ。手柄をたてさせ、名誉を与えもする。ある者には魔力を与え、稀代の魔法使いともなる。だがある者には、生気を吸いとって死に至らしめ、そして選ばれた者は、剣と融合する」

「融合する……？」

「剣がその者の一部となるのだ。いや、その者が剣の一部になるのか。エルデミロ様の時代に、フェイスの守護を破り、剣を抜いてしまった者がいた。剣が与えたのは、手柄や名誉ではなかった。恐ろしい魔物が現れ、町を破壊し、人を殺した。敵と味方の区別もない。人々は城門を閉ざし、城壁の中に閉じこもって、魔物の攻撃をなんとかしのいだ。白の魔術師が集められた時に、わたしも呼ばれた。我々は白の力を結集して魔物を倒した。魔物の死によって、魔剣は再び封印された」

「剣を抜いた奴が、剣と融合して魔物になったってことか？」

「おそらく。しかし、はっきりとは分からない。魔剣の魔力は、誰にも制御できない。封印された剣は、フェイスとともに山へ消えた。わたしはエルデミロ様に請われ、フェイスの後を継いでこの町に残った」

リドラックの目が暗い光を宿した。

「悲劇は、まだ終わっていなかった。魔物が現れた時、エルデミロ様の一人娘、ルシール様が行方不明となった。魔物が倒された後に発見されたが、ルシール様は記憶を失い、精神にも異常をきたしていた」

少し間を置いてから、リドラックは続けた。

「そして、身ごもっていた」

ついに我慢できなくなったように、キアナが口を開いた。

「だから僕が預言した通りになっただろ。再び魔物が現れる。魔剣が呼んでるんだ。魔物の血をひいたものを」

「おい、お前、無責任なことを言うなよな」

ニコルはキアナをつかまえて、きつい口調で言った。今日はここに泊まったらどうか、というリドラックの申し出を受けて、彼らは部屋に案内された。ニコルはすぐに部屋を抜け出し、キアナを探し出していた。

「何が無責任だ。僕は見たものを言っただけだ」

「見たのは魔物の姿だけなんだろ。それがどうして、クラウドと結びつくんだよ」

「僕が見た直後に、エルデミロ様とそっくりな男が現れたんだぞ。ルシール様が産んだ魔物の子供と年齢も合う。ただの偶然だなんて思えない」

「ただの偶然だってこともあるんだよ！」

ニコルはむかむかした。

キアナが言った、『魔物の血をひいたもの』がクラウドを指していることは、その場の全員に分かったことだった。

もちろん、元領主の肖像画に似ているからといって、なんの証拠にもならない。血のつながった孫だから似ている、というのも短絡的だ。リドラックはキアナを厳しく諫めたが、言葉はすでに出てしまった後だった。

クラウドは眉一つ動かさなかった。そのポーカーフェイスは尊敬に値する。一方、アルヴィンのほうは真っ青だった。

「だいたいその年で何が預言者だ。中途半端な力は危険なんだぞ」

「へえ、あんたは立派な魔法使いなんだ」

「うるさい」

痛いところをつかれて、むっとした。

「俺はかの偉大な魔法使い、ザイアードの弟子だ。名前ぐらいはきいたことがあるだろう。そっちこそ、リドラックと釣り合いがとれてないぜ」

それはキアナの痛いところをついたらしく、ぐっと唇が引き結ばれた。

「だから僕は、彼の役にたちたいんだ」

急に、キアナの表情が子供っぽくなった。

「リドラックは、親のない僕を拾って育ててくれた。預言者の力があることを、見つけてくれたのも彼だ。僕が、誰かに必要とされることを教えてくれたのも」

キアナは再び表情を引き締めた。

「僕は確かに、魔物の出現を見た。こんなにしっかりと見れたのは初めてなんだ。これは絶対に、ただの夢なんかじゃない」

誰かに必要とされること。その気持ちは、ニコルにも分かる。自分の力に不安を持っている者にとっては、特に。

「お前さあ、リドラックに惚れてる？」

「な、な…」

キアナは狼狽しきって口をぱくぱく動かした。

「あれぐらいの魔法使いになると、かなりの年上だろう。外見は若そうだけど、お前の何倍ぐらいだ？」

　ザイアードに至っては、正確な年齢は誰も知らない。

「ああいう魔法使いは、たいてい性欲もなくなってるぞ」

「だ、誰がそんな話をしてるんだ！」

　真っ赤な顔で、キアナは怒鳴った。

「僕はリドラックに何かしてほしいなんて……！」

　余計なことを口走っているのに気づいて押し黙る。ニコルはにっと笑った。

「なんなら、俺が誘惑の手管を教えてやろうか」

「ば、馬鹿言うな」

「まあ、かなり難しいとは思うけど、可能性はゼロじゃないだろ。俺ほどの美貌はないけど、けっこうかわいいところもあるし」

　赤くなった頬にちらっと指を走らせる。キアナがばんっとその手を払いのけた。

「からかうのはやめろよ！」

「からかってないさ。俺は色事にかけては達人だ」

　胡散臭《うさんくさ》そうな目で見られて、ニコルはにやっとした。

「ローランドだって、ああ見えてホントは俺にめろめろなんだからな」

「ローランド？　あの黒髪の人？」

キアナが首を傾げた。

「てっきりあの人は、預言者の人と恋人同士だと思ってた」

「…なんで」

「なんか、雰囲気が合ってたし。あんたと、あのエルデミロ様のそっくりさんは信用できないけど、あの二人は信用できそうな感じが…」

ニコルはキアナの頭をはたいた。

「余計なこと言うな」

「なんだよ、正直に言っただけなのに」

キアナは殴られたところをさすって、文句を言った。

初めて会った時にすぐ、ローランドとアルヴィンを恋人同士だとニコルも思った。確かに、お似合いに見えたのだ。

二人は同じ場所で、同じように育った。共有しているものも多いだろう。黒魔術師やら、魔物やらとは無縁の暮らし。

クラウドがアルヴィンに惹かれた気持ちが、ニコルにはよく分かるのだ。光は闇を惹きつける。自分がローランドに惹かれたように。

奇妙にむかつく気持ちを抑えて、ニコルは真剣な顔を作った。

「ところでお前、フェイスに会ったことはあるのか？」

「ない」

「居場所は知ってるか？」

少し用心深そうな顔になった。

「だいたいは」

「キアナ」

ニコルはキアナの肩に手を置き、説得モードに入った。

「お前が見た魔物のことを、疑ってるわけじゃない。だが、事実を確かめる必要がある。それにはどうしても、フェイスに会う必要があるんだ。考えてもみろ。もし再び魔物が現れたとして、今の平和ぼけした兵士じゃ太刀打《たちう》ちできないぞ。必然的に、リドラックが戦わなきゃならなくなる。彼を危険な目にあわせないためにも、フェイスの居所を教えてくれ」

リドラックの名を出すと、キアナの顔に迷いが浮かんだ。

「会ってどうするんだ」

「事実を確認して、ザイアードに報告する。彼はもっとも力のある白魔術師だ。何かあれば、彼が力を貸してくれるはずだ」

キアナはしばらく考えていたが、決心したように顔をあげた。

「教えてもいいけど、条件がある」

「なんだ？」

「あの、クラウドとかいう男は、フェイスにも魔剣にも近づけないでくれ」

「…魔物の血をひくなんて、本気で信じてるのか？」

「分からない。でも、少しでも災《わざわ》いの芽はつんどきたい」

「分かったよ」

「ほんとだな」

「俺が信じられないなら、ローランドに約束させる」

キアナはようやく納得したようだった。

ニコルは目的を果たしたが、事態は思わぬ方向に進んでいた。キアナの見たものは、まんざら嘘とは言えないようだ。

うーん、と唸《うな》った後、ローランドに相談することにした。

4

クラウドは、暗い闇の中に沈む窓の外を見ていた。

寝室として案内されたのは普通の客室だった。牢獄ではなかったことが、むしろ不思議なほどだ。

魔物の子供。それはなかなか、心惹かれる話だった。

クラウドとそっくりな領主。その娘は、子供を産んだ。生まれた子供は普通の人間で、誰もが胸を撫でおろしたが、このままにしてはおけないと意見は一致した。

ルシールの様子から、魔物に襲われたと考えるのがもっとも順当なことである。もしも魔物の血をひいていれば、その子供は危険過ぎた。

子供は密かに葬られるはずだった。だが、正気を失っていたはずのルシールが、赤ん坊を連れて姿を消してしまったのだ。捜索の結果、ルシールは高熱で倒れているところを発見され、しばらく後に息を引き取った。

赤ん坊は、ついにみつからなかった。

一人娘の死後、エルデミロは身体を壊し、一年後に後を追うように亡くなった。人々は、それも魔物の呪いだと噂したそうだ。

ルシールの肖像画もあった。長い黒髪を結い上げ、優しげな笑みを浮かべた姿は、ひどく美しかった。

あれが母親だと？　まったくもって、クラウドにはなんの感慨もわかなかった。親だの家族だのというものに、彼はいまさら興味はない。

ただし、魔物の血が流れているとすれば、話は別だ。

奇妙なことに、それを突拍子もないことだと一笑に付す気にはなれなかった。どこか心の中で、自分でも感じることがあるからだ。魔物の血を。

感じたのは衝撃よりも、皮肉さだった。

クラウドを知る者は、魔剣士と呼んで彼を恐れていた。なかなか的を射た呼び名だったということだ。

窓の外から目を移し、ベッドで眠るアルヴィンを見た。

キアナの発言があってから、アルヴィンはクラウドの傍を離れようとしなかった。傍を離れると、彼を見失ってしまうかのように。

クラウドが冷静であればあるほど、アルヴィンのほうが不安をつのらせていた。大丈夫だ、と何度も安心させて、ようやく寝入ったところだった。

アルヴィンに出会う前であれば、この状況をおもしろがったかもしれない。自分に挑んでくる相手に「俺は魔物とのハーフだ」と名乗り、その顔を見てみたいと思うほどだ。事実だろうと、そうでなかろうと。魔剣士にもう一つ逸話が加わるのも、悪くはない。

アルヴィンさえ、傍にいないなら。

月明かりの中で、自分の手を見た。長剣を操り、人の肉を切り裂く。同じ手で、アルヴィンを抱いた。何も知らない、真っ白な身体を。

後悔はしないつもりだった。アルヴィンがそれを望んだからだ。代わりに、クラウドは彼に自分のすべてをやろうと思っていた。

誰にも傷つけさせず、守りたかった。

一度として誰にも持ったことのない感情を、アルヴィンが呼び起こした。それでも心のどこかで、こんな日がくることを予感していたように思う。

魔物の血。

それはクラウドの身体の奥深く、目覚める時を待っている。いつかそれが、クラウドを呑みこむ時がくるかもしれない。

敵も味方も、容赦なく破壊する魔物。この自分が、アルヴィンにとってもっとも危険なものになるのだ。

アルヴィンが魔剣の夢を見たのは、傍にクラウドがいたからかもしれない。

誰よりも守りたいと思っている人間を、傷つける。この手が。

クラウドは窓辺から離れ、アルヴィンの傍にいった。綺麗な白い顔に、まつげが影を落としている。やわらかなブラウンの髪。今は閉じられている瞳を開けば、光を溶かしこんだように温かいだろう。

起こさないように、そっとまぶたにキスをした。

誰からも、何からも、アルヴィンを守るとクラウドは誓った。クラウド自身からも。

誓いは、守られる。

クラウドは音もなくドアを開け、外の様子をうかがった。見張りの兵が、うつらうつらしながら壁に寄りかかっている。

素早く踏み出し、兵士のみぞおちに拳を叩きこんだ。ひゅっと息を吸いこみ、見張りはくずおれた。ほんとうに危険を感じているなら、牢獄にいれておくべきだっただろう。

クラウドは堂々と回廊を通り、外へ出て行った。

夜になっても、城門は開いていた。松明《たいまつ》の灯りの中で門を守る夜勤の兵士たちも、打ち解けた雰囲気で談笑している。夜中に出立する旅人も珍しくないようで、気をつけて、と送り出してくれた。

　よほど平和な時が長く続いていたらしい。魔物が再登場した時は、かなり気を引き締める必要があるだろう。

　クラウドは門を抜け、足を北に向けた。若い預言者の言葉を信じたわけではないが、魔剣からは遠ざかる必要を感じていた。ニコルの言うところの、君子、危うきに近寄らずである。

　それ以外は、何一つ決めていなかった。また昔に戻っただけのことだ。戦いのある場所を探して渡り歩く。共にあるのは、腰に佩いた大ぶりの剣だけ。いずれどこかの戦場で、共に眠りにつく時まで。

　クラウドは、ふいに足をとめた。

「なぜ、追ってくる」

　振り向かないままきく。背後の気配が笑った気がした。

「わたしが、あなたの行動を予想できないと思いましたか」

「さすがに預言者か」

「預言などなくても分かります」

　アルヴィンはクラウドの前にまわりこみ、顔を見上げた。

「魔剣のことはニコルにまかせて、サームの町へ帰りましょう」

「俺は町へは帰らない」

「では、わたしも一緒に行きます」

きっぱりと言って、アルヴィンは微笑んだ。

「わたしはずっと、あなたの傍にいますから」

「駄目だ」

言下に却下するクラウドの腕を、アルヴィンがつかんだ。

「絶対に離れません」

「駄目だと言っている」

「わたしの居場所は、あなたの傍なんです。何を言われても、離れませんから」

クラウドは逆にアルヴィンの手をつかみ、自分の腕から離させた。それから圧倒的に強い力で、手首を握り締めた。

「俺がその気になれば、簡単にあんたを遠ざけられる」

細い手首を握る圧力が増し、アルヴィンの手が痺れたようになる。かすかに顔をしかめながら、アルヴィンは目をクラウドから離さなかった。

「おいていかれても、必ず追いかけます」

「無駄なことだ」

「いいえ。絶対に追いついてみせます」

手首の感覚がなくなってくる。アルヴィンは手を離そうと引っ張ったが、びくともしない。唐突に、クラウドが指を開いた。アルヴィンの手首に、白い筋が残った。

「クラウド」

「もう、俺を呼ぶな」

「クラウド！」

叫ぶように呼んだ声が、低い口笛と重なった。

「こんな夜中に逢引とは、お熱いねえ」

まぎれていた闇の中から、男が五人現れた。黒装束で、顔も半分隠されている。一目で、夜中に仕事をしている連中だと分かった。こんな平和な領地にも、盗賊ぐらいはいるものらしい。

「幸せなお二方、貧しい俺たちにお恵みをくれないか？」

一人がおどけたように言うと、ほかの者が笑った。

「なんだ、両方、男じゃないか」

「まあでも、これくらい美形なら需要はありそうだな」

別の一人がアルヴィンの腕をつかみ、ぐいっと引き寄せた。

「こいつ、連れてくか？　けっこういい値がつくかも」

「離してください」

アルヴィンが腕を振り払った。振り払われた男の眉が寄る。逆らわれたのが気に入らなかったらしく、今度は乱暴につかんで右腕をねじあげた。

「おとなしくしてろ。あまり痛い目にはあいたくないだろう」

痛みにかまわず、アルヴィンはもがいた。

「その手を離しなさい！」

「暴れるなって、もっと痛い目に…」

男は最後まで言えなかった。アルヴィンの腕をねじっていたはずの手がつかまれ、逆にねじりあげられていた。

「て、てめえ…！」

幽鬼のように無言のまま、クラウドは力をこめていく。

「や、やめ…」

半分だけさらしていた男の顔に脂汗がにじみ、腕がぎりぎりと鳴る。ついに嫌な音がして、男の腕が折れた。

「うわああ！」

絶叫し、男が地面に転がった。

「こ、この野郎！」

鞘走りの音がした。ほかの四人が剣を抜いたのだ。二人を囲むように広がる。クラウドはアルヴィンを背にして、ゆっくりと剣を抜いた。

鋭い刃の銀光が、月の光にきらめいた。

盗賊たちも一応は用心していたが、数の優位に油断していた。不用意に、一人が横から斬りかかる。クラウドは無造作に剣を一閃させた。

ほぼ、一撃だった。

一撃で、男の胸から腹が切り裂かれ、血飛沫《ちしぶき》をあげて後ろに倒れた。

あまりに凄まじい豪腕に、残りの男たちは思わず一歩後ずさった。

「どうした。かかってこい」

クラウドは剣をだらりと下げ、前に踏み出した。

「俺を殺したいんじゃないのか？」

クラウドが前に出ると、男たちは下がった。感情のない瞳はすでに死者を見ているように冷たく、全身に死の気配が満ちている。

自分の死神に出会ったかのような恐怖に、男たちはもう戦う気力を失っていたが、逃げ出す事もできなかった。じりじりと迫ってくる青白い刃を、魅入られたように見つめていた。

「クラウド……！」

アルヴィンの切迫した声が、その場の呪縛を解いた。

男たちはいっせいに逃げ出した。腕を折られた男も、片手を胸に抱えて精一杯の速さで逃げていく。彼らが逃げ去った後は、静寂がたちこめた。

夜の空気の中に漂う血の匂い。クラウドは剣を鞘に収めた。その手にすっとアルヴィンが触れるのを感じ、思わず突き飛ばしていた。

「俺に触るな」

「クラウド？」

「俺に近寄るんじゃない」

クラウドは月光の中に転がる死体を見た。それは男の無謀さの結果だ。剣を抜いた以上、その責任は自分自身が背負う。クラウドのほうが地面に転がることになっても、同じことだ。

アルヴィンがいなければ、クラウドは全員を殺していただろう。ためらいもなく。

戦いの興奮に、血がたぎる。

血の匂いに、残忍な喜びがわく。

温かい身体から流れる血に、狂喜する自分の姿が見える。欲しいと思えば思うほど、狂暴な気持ちになりはしなかったか。

愛する者を切り裂いて血をすすり、その身を食らわずにいられない。髪の毛一本、身体の肉片一つまで、自分のものにするために。

消そうとしても消すことのできない、呪われた獣の血。

これが、クラウドの原罪だ。

逃げるわけにはいかず、忘れることもできない。

「見ただろう。これが俺だ。初めから間違いだったな。あんたみたいな奴は、俺に触れるべきじゃなかった」

「どうしてそんなこと…」

「二度と俺に触れるな。今度触れたら、後悔することになる」

「後悔などしません」

「初めての相手は忘れられないというからな。だがもう、充分楽しんだはずだ」

「いいえ」

アルヴィンは一歩近づいた。

「わたしは、あなたが好きです」

「やめろ」

クラウドの顔は冷ややかだった。

「ほかに男ができれば、すぐに忘れる」

「忘れたりしません」

すっと両手があがった。

「あなたがわたしを忘れてしまっても、わたしは絶対にあなたを忘れない」

両手に力をこめて、アルヴィンはクラウドに抱きついていた。やわらかな肉体を恐れるかのように、クラウドの全身の筋肉がこわばった。

「離れろ」

「嫌です」

「俺から離れるんだ」

「腕を折られても、絶対に離れません」

ぎりっとクラウドの歯が鳴った。

「警告はしたぞ」

「ききました」

クラウドはアルヴィンの髪をつかみ、上を向けさせた。恐れを知らない目が、まっすぐ見返してくる。

獣のようにうめき、クラウドはその唇を貪《むさぼ》った。

アルヴィンの胸衣に手をかけ、一気に引き裂いた。月光を浴びて、白い胸が浮かびあがる。邪魔な布地をさらに開き、クラウドは色づいた突起に食らいついた。

歯をたてられて、アルヴィンの身体がびくっと跳ねた。いつもは優しいキスで全身に触れてくれるのに、今のクラウドは痛みを与えるように動く。

嚙まれた乳首はずきずきと痛み、押さえつけられた手は引き千切れそうだ。

「あ…、や…」

無意識に上半身をずりあげると、強い力で引き戻された。

「どうした。逃げたいか？」

アルヴィンが首を振る。クラウドは感情のない笑みを浮かべた。

「警告したはずだ」

ぐるりとアルヴィンの身体を反転させ、うつ伏せにした。動けないように、右手を背中にねじって押さえつける。盗賊の一人にねじられて、すでに痛めていた腕だ。アルヴィンは苦痛に顔をしかめたが、悲鳴はあげなかった。

クラウドは片手で腕を押さえつけ、片手でアルヴィンの下半身から服を取り去った。なめらかな双丘がむきだしにされ、アルヴィンは小さく震えた。

たくましい腕がぐっと腰をつかみ、持ち上げられた。膝が曲がり、地面にこすれる。アルヴィンは上半身を地面に伏せ、下半身だけを上げた格好になった。

経験したことのない体勢に、アルヴィンは不安そうに首をめぐらせた。ざらざらとした土に頬がこすれ、草の匂いが鼻をつく。

なんとかクラウドの顔を見ようとするが、再び腕に力を入れられて動けなくなった。

次に襲ってきたのは、激痛だった。

「………！」

喉から飛び出そうとする悲鳴を、アルヴィンは押し戻した。なんの準備もなく、愛撫も与えられないまま貫かれた身体は、切り裂くような痛みしか感じられない。

唇を噛み締めて耐えようとしたが、痛みで目がかすんだ。

「辛いか？」

アルヴィンは首を振った。

「辛いなら叫べ。二度と触るなと言えばいい」

さらに強く首を振る。クラウドは舌打ちをして、腰を引いた。ぎりぎりまで抜いてから、再び打ち抜く。

衝撃に、アルヴィンの背中が波打った。やはり悲鳴はあげない。ただ何度も忙《せわ》しなく息をして、なんとかクラウドを受け入れようとした。

乱れたブラウンの髪が、唯一の抵抗であるかのように揺れた。

崩れそうな腰を支え、クラウドは己の凶器を引きぬいた。

すでに感覚を失った腕がはずされ、身体をひっくり返された。潤んだ瞳を目の当たりにして、クラウドの顔が歪んだ。

「もう嫌だと言うんだ」

また首を振る。アルヴィンは動くほうの手をあげて、クラウドのほうへ伸ばした。

「クラウド…」

「俺の名を呼ぶな」

「クラウド」

がっしりした肩につかまり、引き寄せようともがく。力は入らず、ひっかく程度の力しかでなかった。

「クラウド」

思い通りにならない身体の代わりに、アルヴィンは名前を呼び続けた。

「クラウド…」

縮こまっていたものを握りこまれ、呼んだ声がかすれた。クラウドは彼のものを嬲《なぶ》りながら、足を抱えて広げさせる。

再び打ちこまれたものに、アルヴィンは小さく反応した。

ただ、熱だけがあった。

世界が歪んで見える。時間が長く引き伸ばされたように感じる。

乱暴な挿入はアルヴィンの内側を傷つけた。逆にそれがぬめりとなって、クラウドの動きを助ける形になった。

アルヴィンはただ、猛り狂う彼の肉体を受けとめ、揺さぶられた。容赦なく打ちつけられる感覚だけが、神経を支配する。

何か言いたかった。もっと名前を呼びたかった。だが、喉はすっかり干上がり、言葉を出すことができない。

クラウドの低いかすれ声がきこえた。動きがひときわ激しくなる。限界まで押し広げられたアルヴィンの内股が、びくびく震えた。

なんとかつかまっていたクラウドの肩から、アルヴィンの腕がはずれて落ちた。もう一度名を呼ぼうとして開かれた唇は熱い息だけを吐き出し、アルヴィンは意識を失った。

血の匂いがしていた。

それは、クラウドが殺した男からだけではない。腕の中の身体からも立ち上っていた。

清潔な白い肌に点々と陵辱の痕を残し、アルヴィンは力なく横たわっていた。

右手首にはクラウドがつけた青黒い痣《あざ》が、色の薄い肌にはっきりと残っている。横向きで前に倒された首が、手折られた花のようだった。

クラウドは、涙の残る目元に指を触れた。

嚙み締めて血の滲む唇にも。

乱れて散っているブラウンの髪を撫でた。髪はやわらかく指に絡まり、するりと指の間を抜けていく。

何度かそれを繰り返した。

そうだ。彼と初めて会った時も、月の光の中だった。目の前に現れた彼は、天使のように見えた。天使などというものが、自分を迎えにくるはずがないのに。

誰にも傷つけさせないと誓った者を、自分で傷つける。

この呪われた手で。

クラウドは痛みを感じたように、アルヴィンの髪から手を引いた。

「だから、早く話そうって言ったのに。アルヴィンに任せておけばいいってあんたが言うから」

ニコルはぶつぶつ文句を言った。

「こういう場合は、二人にしといたほうがいいんだ」

「クラウドもだけど、アルヴィンは心配じゃないのか」

「余計なことをするなと言ったのは、お前だろう」

ローランドは答えて、城門を抜けた。

ナミレスの屋敷では、一悶着《ひともんちゃく》起きていた。見張りの男が気絶させられ、クラウドとアルヴィンの姿が消えていたのだ。

彼らは囚人ではないので、見張りがいること自体が失礼な話なのだが、こっそり夜中に抜け出したら怪しまれるのは仕方がない。すぐに捜し出すから心配しないように、とリドラックとキアナに告げて、大急ぎで出てきたところだった。

「まさか、ホントに魔剣のところに行ったりしてないよな」

「その逆だろう」

ローランドは言って、北方に足を向けた。

「魔剣から遠ざかろうとしてるはずだ」

「クラウドが？」

「そうだ」

「なんで分かるんだよ」

「俺ならそうする」

「魔物にならないために？」

「アルを守るためにだ」

ニコルはちょっと足をとめた。

「俺のためには？」

先に行きかけたローランドが振り向いた。

「なんだって？」

「俺のためには何をしてくれる？」

「お前…」

ローランドは溜め息をついた。

「くだらないことをきくな」

「俺にはくだらなくないぞ」

「今はそんなことを言ってる場合じゃないだろう」

「今じゃなきゃ、いつきくんだ」

薄青の瞳が揺らめいた。

「俺はあんたとアルヴィンが恋人同士だと思いこんでた。ほんとうに何もなかったら、そんな風に思わなかったはずなんだ。あんたはいつだって、アルヴィンを一番心配してるし」

「弟だから、当然だろう」

「血はつながってないじゃないか。あの頃は力を失うかもしれなかったから、アルヴィンはあんたと恋仲になるわけにいかなかったんだよな。でも、もし俺がいなくて、あのまま二人でいたら、結局は恋人同士になったかもしれない」

「ばかばかしい。アルにはクラウドがいるだろう」

「もしいなかったら？」

「仮定の話など無意味だ」

ローランドの漆黒の瞳が鋭くなった。

「お前はまだ、俺を信じていないのか？」

「そうじゃゃ、ないんだけど…」

らしくもなく目を伏せてしまう。自分でも、なんだかよく分からない。ただ、ローランドの恋人がアルヴィンだ、と初めて見た人間に思われてしまうことが、ひどく嫌だった。

「ニコル…」

ローランドが口を開こうとして、急に押し黙った。なんだろうとニコルが顔をあげる。暗い夜道を、男がこちらに歩いてくるのが見えた。

堂々とした体躯。遠目でも、クラウドの姿は見分けられる。彼が傍までくると、腕に抱えているのがアルヴィンだと分かった。

「アルヴィン？　どうしたんだ」

クラウドは無言で、ローランドにアルヴィンの身体を押しつけた。ローランドが反射的に腕に抱く。その際に、アルヴィンの身体を包んでいたマントがほどけた。

引き千切られた服。白い肌に残る傷痕。青白い顔にはまるで生気がない。

ぎょっとしてローランドの顔色が変わった。

「何があったんだ…！」

「俺がやった」

あっさりと、軽い調子でクラウドが言った。ローランドは言葉が分からなかったような顔をした。

「なんだって…？」

「俺がやったと言ったんだ」

「なぜだ」

「別に理由はない」

唇が笑みの形に歪んだ。

「大切な弟をもうそんな目にあわせたくなかったら、二度と俺に近寄らせるな」

低い声で言い捨てて、クラウドは踵《きびす》を返した。

「待て、どこへ行く！」

「あんたには関係ない」

「クラウド！」

ローランドは腕の中のアルヴィンに目を落とした。確かに息をしていることを確認する。傍で呆然としていたニコルは、いきなりアルヴィンを渡されて驚いた。

「こいつを頼む」

「え、ええ？」

「お前も薬師だろう。手当てしてやってくれ」

「で、でも、俺は見習いだし」

「お前なら大丈夫だ」

「あんたは？」

「やることがある」

ローランドが背を向けた。

「おい、まさかとは思うけど…」

「心配するな」

それだけ言うと、ローランドはクラウドを追っていってしまった。

「し、心配するなって言っても…」

ニコルはアルヴィンを抱えて、おろおろしてしまった。こんな状態のアルヴィンをおいていくなんて、ローランドはかなり頭に血が上っている。

かなり、まずい。まずいが、アルヴィンを放っておくわけにもいかない。

ニコルはとりあえず、一番やわらかそうな草の上にアルヴィンを横たえた。そうっとマントをめくってみて、思わず顔をしかめた。

暴力的なセックスは、ニコルの好みではない。それでも、そういう状況になってしまったことはある。そういう時は、なるべく痛みを緩和させ、傷を受けないように動く。

まだ慣れていないアルヴィンに、そんなことができるわけがない。

城門までは近いので、助けを呼んで町へ運んだほうがいいだろうか。そうすると、何かと説明しなければならないし、何より、アルヴィンのこんな姿を人に見せたくなかった。

目をこらしてよく見ると、街道から入ったところに小屋が見えた。見張り小屋だ。前はそこに兵士がつめ、街道から城門へ向かう人物をチェックしていたのだ。今は誰もつめていないだろうと見当をつけた。

アルヴィンを抱え直して、小屋へ向かった。足で扉を蹴破る。案の定、使われなくなって長い時間がたっているようだ。

ニコルはアルヴィンを床に下ろし、ランプを見つけ出して火をつけた。ほこりっぽくこもった匂いはしていたが、それほど汚くはない。ニコルは寝台にかけられていた上掛けを剝ぎ、そこにアルヴィンを寝かせた。

荷物の中には、アルヴィンがもたせてくれた薬がある。傷によく効く薬もあるはずだ。ニコルはごそごそ探って、これに違いない、と思うものを見つけだした。爆発などしてはたいへんなので、自分の腕に塗って確認した。

ぴくりとも動かないアルヴィンを見る。そこで、はたと気づいた。そうだ、水だ。まずは、水で身体を綺麗にしなければ。

ニコルは部屋を物色して手桶を見つけだし、小屋の裏側にある井戸に向かった。

クラウドはローランドの姿を認めると、唇の端をあげた。

「大事な弟を放っておいていいのか」

「ニコルが見ている」

「それであんたは、俺に制裁でも加えにきたか」

「そうしてほしいのか？」

二人の剣士の目がぶつかった。周りの空気が緊張をはらみ、びりびりと音がするほど張りつめた。

「あんたも俺には近寄らないほうがいい」

「理由は？」

「アルヴィンは犯したが、あんたは殺すぞ」

クラウドの冷酷な瞳を受けとめ、ローランドは口元で笑った。

「あんたが血に飢えた魔物だというなら、俺を殺してみるがいい」

ぎりぎりまで張りつめた糸は、切れる寸前だった。

「死にたいのか？」

「誰に向かって言っている？」

クラウドが剣を抜いた。風が舞い、月の姿が雲に隠れた。ふいに訪れた闇の中で、ローランドも剣を抜いた。

クラウドの声は、呪詛のように低かった。

「後悔するぞ」

「しているのはどっちだ」

月が雲から出た瞬間に、二本の剣が激突した。

水を汲んで戻ってきたニコルは、驚愕のあまり桶を落としてしまった。足元に桶が跳ね、水が飛び散った。

さっきまで、死んだように動かなかったアルヴィンの姿が消えている。

「嘘だろ？」

ニコルは呟いて、慌てて外に飛び出した。

激突するたびに、青白い火花が散った。

一合、二合、三合。

互いに一歩も譲らなかった。

クラウドの豪剣をローランドが受け流し、目にもとまらぬ速さで次の一撃が繰り出される。クラウドがそれを寸前で受けとめ、はね返す。

隙を狙って間合いをつめては離れ、二人は縄張り争いをする獣のように、互いの周りをまわった。

息せき切って駆けつけてきたニコルは、その光景に息を呑んだ。

「な、なにやってんだ、二人とも！」

ニコルの声などきこえないように、二人は再び斬り結んだ。

「やめろ！　斬り合いなんてしている場合か！　アルヴィンが……！」

その瞬間、クラウドの剣が揺らいだ。ローランドはすかさず踏みこみ、クラウドの剣をはね飛ばした。

かつて一度も負けたことのないクラウドの大ぶりの剣が空中を舞い、背後の地面に突き刺さった。

すべての動きが静止した。ニコルも言葉を失い、固まってしまう。きまぐれな雲が月と戯《たわむ》れ、微妙な陰影が踊った。

沈黙を破ったのは、クラウドだった。

「どうした。俺を殺さないのか」

目の前で停止している剣に向かって言う。ローランドは後ろに下がり、剣の切っ先を下げた。

「死にたがってる奴を殺しても、無駄だ」

「馬鹿な…」

「魔物のくせに、俺を殺したくないのがみえみえだったな。アルヴィンの名をきいただけで剣を取り落とすとは、魔物の風上にもおけない」

ローランドは剣を鞘に戻した。

「理由を教えてやろうか？　あんたは、魔物なんかじゃないからだ」

「…………」

クラウドの瞳に影が差し、ローランドから目をそらせた。

「誰が何を言ったところで、あんたが魔物じゃないことは、アルヴィンが知っている。自分を信じないなら、アルを信じればいい」

「今でもそうだと思うのか。あんな…あとでも」

「アルヴィンは抵抗したか？」

「いや…」

ただ、クラウドの名を呼んでいた。悲鳴もあげずに。

「あいつの目が覚めたら、きいてみろ」

ローランドはクラウドの剣のところに行き、地面から引き抜いた。

「これが威力を発揮するのは、あいつを守るためだろう」

クラウドは黙って、剣を受け取った。

ニコルは忘れていた息をつき、身体の力を抜いた。

無頓着に「どっちが強い？」などと興味をもったが、二人が戦っている姿を見たらぞっとした。どちらも死なないで、ほんとうによかった。ローランドが死ぬのはすごく困るが、クラウドが死んだらアルヴィンが悲しむ。

そこで、肝心なことを思い出した。

「そ、そうだ、なごんでる場合じゃない。アルヴィンが消えちまったんだ」

「消えただと？」

剣士二人に同時に言われて、ニコルは首をすくめた。

「水を汲んでる間に、いなくなったんだ。動けるような状態じゃなかったのに」

「ともかく、捜しに…」

振り向いたクラウドは、ぎくりとして立ち止まった。木の幹にすがりつくようにして、アルヴインが立っていたのだ。

引きずるように右足を出すと、かくりと膝が砕けて倒れこんだ。

「アル！」

クラウドが駆け寄り、アルヴィンの身体を抱き起こした。

「ク、ラウド……？」

確かめるように左手があがり、クラウドの腕に触れる。触れることができると、ほっとしたように微笑んだ。

「クラウド」

幸せそうな、笑みだった。まるで、光を映したように。

クラウドの胸に、切り裂くような痛みが走った。

抱かれている胸に、アルヴィンが子猫のように頬を擦り寄せる。笑みを浮かべたまま、再び意識を失った。

5

町の尖塔が遠ざかり、むきだしの平原を抜けると、ゆるやかな丘陵になった。ニコルはローランドと並んで、フェイスのいるアビネリアの山岳地帯を目指していた。

まだ動けないアルヴィンは、見張り小屋にクラウドと残してきた。

気を失ったアルヴィンをクラウドが小屋まで運んだ後、ニコルが彼の手当てをした。残骸のようになった服を脱がせて、身体を洗い、傷薬を塗る。アルヴィンは小さくうめいただけで、目を覚まさなかった。

手当ての間はクラウドとローランドを外で待たせておいたが、今度は二人ともおとなしくしていた。クラウドは立ち去ろうとしなかったが、ほとんど何もしゃべらない。自分のほうが『手負い』のような顔をして、眠るアルヴィンをじっと見ていた。

手当てが終わると、フェイスのところへ行くことをニコルは主張した。

リドラックがした話は、不完全だった。領主の娘に何があったのか、子供の父親が誰だったのか、ほんとうのところは何も分からない。魔物のこともだ。

フェイスならば、その欠けた部分を埋められるだろう。魔剣と魔物。それを結びつけられる鍵は、フェイスしかいない。

ニコルの意見に、珍しくローランドが賛同した。アルヴィンの看護をクラウドに厳命し、二人は山に向かったのだった。

「アルヴィン、大丈夫かな」

青い空に円を描いて飛ぶ鷹の姿を見上げながら、ニコルが言った。

「アルヴィンなら大丈夫だろう。あとはクラウドがどうするかだ」

ニコルは目をローランドに向けた。

「思ってたより、冷静だよな」

「お前たちが考えてるより、アルヴィンはずっとタフだ。そのへんを、クラウドもまだ分かってないらしい」

「斬り合ってるのを見た時は、マジに殺すつもりかと思った」

「それは難しいだろうな」

「勝ったじゃないか」

「あいつに勝つ気がなかったからだ」

「それは、あんたもだろ」

ローランドは肩をすくめた。

「大切なものを自分の手で傷つけた気持ちが、俺には分かる」

ニコルはまじまじとローランドの顔を見た。ローランドは昔、誤って親友を手にかけてしまったことがある。そのことは、彼の心にずっと影を落としてきた。

アルヴィンのあの姿を見た時は、怒りで頭に血が上ってクラウドを追いかけていったのだと思った。だがあれは、クラウドのためだったのだ。

「クラウドは、自分の剣が殺すためのものだって言ってた。あんたの剣は、守るためのものだって」

「剣なんてのは、戦うための武器だ。しょせんは人を傷つけるために存在するんだ。あとは、使う人間次第だろう。守りたいと思う者ができた時に、戦い方も変わる」

「俺を守るためにも、戦ってくれる？」

「当たり前だ」

ニコルはへへっと笑って、ローランドの腕に腕を絡ませた。

「なんだ？」

「ちょっと、かっこいいと思って」

「惚れ直したか」

「うん」

素直に肯定されるとは思ってなかったらしく、ローランドが妙な顔をする。ニコルは伸びあがり、軽くローランドの唇にキスをした。

「惚れ直したら、欲しくなってきた」

目を合わせて、じっと見つめた。薄青い瞳がグリーンがかり、誘うように唇が開く。ローランドが呆れたように首を振った。

「機嫌は直ったようだな」

「機嫌？」

「くだらないことを言ってただろう。俺とアルヴィンがどうとか」

「ああ」

ニコルはにっこりした。

「今は、俺とあんたしかいないし」

「あまり挑発するんじゃない」

「挑発されたんだ？」

「フェイスを捜すんだろう」

「キアナに道順はきいたし、ここには誰もいないし、そんなに急がなくても」

ローランドは溜め息をついた。

「俺としては、早くフェイスに話をききたいね。魔物だの、魔剣だのの話は、さっさと終わりにしたい」

「せっかく挑発したのに」

「時間なら、あとでたっぷりあるだろう」

「じゃあ、キスだけ」

少し真剣な顔になって言う。ローランドは再び溜め息をついた。

「ほんとうに、キスだけだぞ」

「うん」

ローランドは金糸の髪に片手を差しこみ、キスをした。力強い手が頭を固定し、舌が深く差し入れられる。ニコルはうっとりとそれに応えた。

剣を振って戦うローランドの腕は、一度としてニコルを傷つけたことがない。誰よりもニコルのことを知っていて、誰よりも悦びを与えてくれる手。

「う……ん……」

とろけるような感覚が、全身を支配した。ローランドの味と感触、触れる唇の温かさを、心から味わった。

「んん……」

離れまいとするニコルから身を引いて、ローランドがキスを終わらせた。

「ローランド…」

「このくらいにしておかないと、日が暮れる」

「ちぇ…」

ローランドの温かさを失って、唇がひどく冷たく感じられた。冷たさは背筋のほうまで広がって、ニコルの肌を粟立たせた。

嫌な、感じがする。

「どうした?」

様子が変わったのに気づいて、ローランドが顔をのぞいてきた。

「誰かに、見られている気がする…」

「フェイスか?」

「分からない」

首をめぐらせて、辺りを見まわした。踏み分け道の両側は、木立が深くなっている。道はゆるやかに登り、間を風が吹き抜けていた。風には、湿った草の匂いがした。

「また妙な術にかけられるのは、遠慮したい」

ローランドが苦い口調で言った。

以前シルタイラの森で、幻覚を見せられたことがある。「精神を試す」という名目で、それぞれが辛い幻を見せられた。

ローランドは、その時の嫌な体験を思い出したようだった。

「フェイスは力のある魔法使いだって話だけど、幻術はどうかな」

「早いところ、本人に会ったほうがよさそうだ」

「そうだな」

ニコルは同意したが、嫌な感じは消えなかった。シルタイラの森で感じたようなものではなく、何か覚えのある気配。何かを失うような、嫌な予感。

とりあえずローランドの腕を離さないまま、ニコルは奥へ踏み入った。

やがて彼らは、川に出た。流れは速いが、浅そうだ。ローランドが足を踏み入れて深さを計ってから、ニコルに言った。

「この川の向こうか?」

「そのはずだ」

ニコルはキアナにもらった簡単な地図を確認した。あの時の様子では、彼が嘘をついたとは思えない。もっとも、嫌がらせのために偽の地図を渡した可能性もなくはないが。

「このまま渡れそうだ」

ざぶざぶと流れの中に入っていくローランドを、ニコルはふと呼びとめた。

「ローランド」

「なんだ？」

「いや、その…」

「まさか、また川っぺりに座ろうとか言うなよ」

ローランドがかすかに笑った。

ニコルは川に思い入れがあって、よく一緒に川辺に座ろう、と頼んでいたのだ。川にはいい思い出と悪い思い出の両方があり、ニコルはローランドといい思い出をせっせと作っているところだった。

「そうじゃなくて、なんとなく…」

「なんだ？」

「まあ、いいか」

ニコルは首を振って、ざぶざぶと川に入った。水深はふくらはぎぐらいまでで、水はかなり澄んでいた。川底にある赤茶色や琥珀色の石がよく見えるほどだ。

ニコルはなんとはなしに足元の赤い石に手を伸ばし、ずるっと足を滑らせた。

「わっ」

ばしゃっと水音をたてて、ニコルはしりもちをついた。

「何やってんだ」

振り向いたローランドが呆れ顔で、ニコルに手を差し伸べた。お腹のあたりまで濡れてしまったニコルは、一つ唸ってからその手につかまる。その時、急に川の深度が増した。

「え…？」

気がついた時には、二人とも水流に流されていた。それまで、ただの小川のようだった浅い川が、いきなり泡立つ急流になっていた。

ニコルは奔流に呑まれ、くるくるまわって、なんとか顔を水面に出した。必死で空気を吸い、泳ごうと手足を動かした。

「ニコル！」

すぐ近くで声がした。首をめぐらすと、斜め後方にローランドの姿が見えた。なんとかそちらへ行こうと水をかく。ローランドも力強いストロークで近づいてきて、片手でニコルをつかまえた。

「どうするんだ！」

流れに乗って運ばれながら、ニコルが怒鳴る。ローランドは答えずに、足で水を蹴りながら川岸のほうへニコルを引き寄せていった。

右手の岸に、枝が水面に届きそうなほど垂れている木があった。うまいぐあいに水が彼らを押し流し、ローランドが枝をつかんだ。片手でニコルを引っ張り、枝のほうへ向きを変えさせる。ニコルは手を伸ばし、自分でも枝をつかんだ。

なるべく太い枝に身体を寄せて、ニコルは大きく息をついた。水も飲んだし、懸命に泳いだせいで筋肉ががくがくする。ローランドが枝をつたって岸に這い上がり、次いでニコルを岸に引きあげた。

まるでそれを待っていたように、川の水嵩《みずかさ》が減っていった。ほんのわずかの間に、ばしゃばしゃ渡れそうな浅い川に戻っていた。

「なんとなく、魔法がかかってそうな気がしたんだよなあ」

ぺったりと地面に座りこみ、あえぎながらニコルが言った。

「それを早く言え」

ローランドもまた、座りこんで荒い息を整えていた。

「アルヴィンと違って、あんまりそういうの感じたことがなかったからさ。気のせいかと思って」

「力が強くなったってことか」

「どうだろう。魔剣が近いせいかな」

ローランドが濡れた黒髪をかきあげた。

「そいつはよくない兆候だ。魔剣は人を選ぶんだろう。お前は戻ったほうがいいかもな」

「いやだ」

ニコルは即却下して、にこっとした。

「俺が妙なことになったら、あんたが引き戻してくれるんだろ」

「用心すると約束したはずだ」

「分かってるって。ここまで来たら、一緒にいるほうが安心だよ」

ニコルは真面目な顔を作った。

「今度、何かを感じたらすぐ言うから」

「…分かった。だが、俺の傍から離れるなよ」

「うん」

ニコルは満足そうに笑って、服を絞った。足元に水溜りができた。

ローランドがいなかったら、川岸にたどりつけなかったかもしれない。ペジョンの山で湖を決壊させたことがあるが、あの時も水に呑まれて死にかけた。

「川の思い出が、だんだん悪くなっていくなあ」

「まったくだ。まあ、昔流された川よりはマシだな」

「子供の頃、流されたってやつ？　アルヴィンが泣きながら川岸を追いかけたって言ってた」

「そうだ」

「一緒に流されて、一緒に死にかけたんだから、俺のほうが重みがあるよな」

「…張り合うようなことか？」

「いいんだよ」

ニコルは犬のように頭を振った。金色の髪から滴《しずく》が飛び散る。頭の先から足先までずぶ濡れで、濡れた服がまとわりついて気持ちが悪い。天気がいいので日差しは温かいが、水はかなり冷たかったので身体が冷えていた。

「おい、フェイス！」

ニコルは空中に向かって叫んだ。

「俺はニコル。ザイアードの弟子だ。あんたにわざわざ会いにきたんだ。馬鹿なことやってないで、さっさと姿を現せ！」

無駄なことかもしれなかったが、とりあえず憂さ晴らしにはなる。ニコルがふんっと鼻を鳴らした時、いきなり返事が返ってきた。

「わたしに何か用か」

ぎょっとしてニコルは飛びあがった。足元まですっぽり覆う白いローブを着た銀髪の魔法使いが、木立の中から現れた。

「フェ、フェイス？」

「いかにも」

「なんだ、ただ呼べばよかったのか」

「不用意にあの川に入るとは、それでも白の魔法使いか？」

「そうだよ」

ニコルはじろっとにらんだ。

「ああいう罠は悪趣味だろ。関係のない人間が巻きこまれたらどうするんだ」

フェイスは髪と同じ銀灰色の目で、じっとニコルを見た。

「殺したりはしない。下流の町へ押し流すだけだ」

「俺たちは流されなかったぞ」

「そのようだ。努力は認めよう」

フェイスが言って、ローブを翻《ひるがえ》した。

「ついてこい。乾いた服を用意してやる」

白いローブが木立に消える。ニコルはローランドと顔を見合わせ、急いで後を追った。

つれていかれた先は、ニコルが想像していたのとずいぶん違っていた。

フェイスの家は小さな田舎家で、木立が丸く開けた一画にひっそりと建っていた。名のある魔法使いがいる場所とはとても思えない。

質素な部屋の中に招き入れ、フェイスは長持の中を探した。適当な衣類を見つけ出すと、それを二人に放った。

「これを着ていろ。服は干しておけば乾く」

「ぱっと服を乾かしたりできないのか?」

ニコルの言葉に、フェイスが冷たい目を向ける。ニコルは肩をすくめた。魔法書の力があれば、ぱっとそれができた。あの本を欲しがる魔法使いたちの気持ちが分かるというものだ。

ローランドとニコルは服を着替え、濡れた服は絞って日差しの中に干した。乾いた服になって人心地がつくと、ニコルはさっそく切り出した。

「俺はニコル。魔法使いだ。こちらは剣士のローランド」

こまかいことは省《はぶ》いた。

「話っていうのは、ほかでもない、魔剣のことだ」

「まあ、待て。互いに名乗ったことだし、まずは茶でもどうだ」

「…茶？」

ニコルはぼんやりと繰り返した。なんとなく、フェイスはほかの魔法使いと違っている。

「この茶は自家製だ。裏の畑で取れる葉で作った」

フェイスは白い茶器でお茶をいれ、二人の前に置いた。ニコルは器《うつわ》に口をつけたが、思いきり顔をしかめた。

「まずい」

「何事も、手に入るもので我慢しなければならない」

フェイスは優雅に飲み干した。ニコルは半分以上残したまま、器を置いた。

「茶も飲んだし、本題に入ろう」

「魔剣のことをきいて、どうする？」

機先を制されて、ニコルはつまった。

「どうって、だから魔剣を抜いた奴の話をきいて…」

「目があっても、見るべきものを知らなければ見えない」

「は？」

こういう問答は苦手である。ザイアードもよくこういうことを言うが、意味が分かったためしがない。

「目っていうのは、預言者の目か？」

「お前の目は何を見る？」

「何って、だから魔剣と魔物の話をだな」

「あれを手に入れることは、誰にもできぬ」

一瞬、ちょっとぎくっとした。

「俺はそんなことは思ってない」

思わずローランドを見てしまう。ローランドはフェイスを見たまま、口を開いた。

「ナミレスの領地で、かつて町を襲った魔物の話をきいた」

初めて、フェイスは表情を動かした。

「俺の友人が、元領主のエルデミロにそっくりだという。彼は捨て子で両親を知らない。エルデミロの娘が魔物の子供を産んでいたから、彼がその子供ではないかと疑われている。俺とニコルは、真実をききにきた。あなたなら知っているだろう」

「まだ、魔物の子供などという話をしているのか」

「では、違うのか？」

真摯《しんし》な目を見返し、フェイスは口元をゆるめた。

「あんたは頑丈そうだ」

「は？」

ローランドはニコルと同じような反応をした。

「情報はその重要さによって価値があがる」

「…報酬を寄越せと？」

「山の生活は厳しい」

フェイスはゆるやかに手を動かし、窓の外を指し示した。


信じられない。

ニコルは草むしりをしながら、何度目かの呟きをもらした。フェイスが要求したのは、『労働』だった。

フェイスの家の裏側は斜面になっており、段々畑のような細々とした菜園になっていた。その畑の草むしりをさせられているのだ。

ローランドはといえば、薪割りに精をだしている。規則正しく斧を振り下ろす音がきこえているので、真面目にやっているのだろう。

ああ、馬鹿馬鹿しい。

ニコルは何度もそう思い、放り出したくなった。菜園はさほど広くはないのだが、一人で草むしりをするには延々と続いているように思える。

それでも放り出さなかったのは、クラウドのことがあったからだ。

クラウドが苦しんでいるのは確かなことで、できれば、魔物の血をひくなどという疑いを晴らしたい。結果がどちらでも「違った」と報告すればいいと思ってはいたが、やはり真実を知りたい気持ちは強かった。

それにしても、フェイスはほんとうに高位の魔法使いなのだろうか。畑を耕している魔法使いなど、きいたこともない。

確かに、魔剣の力に惹かれてはいた。ローランドの剣がそうであるように、守る力が欲しかった。とりあえず、可能性を探ってみなければ気がすまなかったのだ。

しかし、事態は思わぬ方向に行ってしまい、魔剣の力はとんでもないことが判明した。あれでは「守る」どころの話ではない。

クラウドをこんな場所につれてこなければ、何事もなく平和なままだったのだ。それを思うと、草むしりをやめられなかった。

ようやく終わったと思える頃には、腰と腕がばりばりに痛んでいた。

「終わったぞ」

小屋の中のフェイスに報告に行くと、あっさり言われてしまった。

「次は井戸から水を汲んで、菜園に水をやってくれ。近頃、雨が降っていない」

「…あんた、ほんとにフェイスか？」

「いかにも」

「どうして俺が、水やりなんかやらなきゃならないんだ」

「やりたくないなら、それでいい」

ぐっとつまって、ニコルはすごすご菜園に戻った。

こうなったら、唯一ニコルが使える物質移動の魔法を使ってやろうと思いたった。しかし、水の入った桶は重く、しかもバランスを取るのが難しい。結局のところ、手でやったほうが早いことが判明した。

井戸から桶に水を汲んで、それを菜園にまくのは、草むしりより重労働だった。全体に隈なくまくには何度も往復しなければならず、ニコルの腰と腕と脚は、さらにばりばりになった。

終わった頃にはすっかり日が暮れ、ニコルは疲労困憊《こんぱい》していた。ようやく顔を合わせたローランドも、疲れているようだった。

「あんたは、ほかに何をやらされた？」

「木立の枝落としだ」

「それも、きつそうだな」

「お前もな」

結局、汗を流した後は、汗まみれの服から乾いた元の服に着替え、フェイスが出してくれた夕食を食べることになった。

食事は、野菜のスープにパンとチーズという質素なものだったが、ニコルはがつがつと平らげた。

食後には葡萄酒が出た。ローランドも筒杯を受け取って飲んだ。葡萄酒の産地や種類の話をしながら、妙にくつろいだ雰囲気になっている。茶と違って味はなかなかだったので、葡萄酒の入った水差しはすぐに減った。

ニコルも葡萄酒を飲んだが、いったい何をしにここへ来たんだろう、と自問しないではいられなかった。

「茶を飲んで、肉体労働して、食事もして、葡萄酒も飲んだ。これで文句はないだろう」

ニコルはほとんど喧嘩ごしだった。

「さっさと魔剣と魔物の話をしろよ」

フェイスはゆっくり杯を置いた。

「今日はよくやってくれた。屋根裏で休むといいだろう。葦の織物と毛皮が敷いてある」

「おい……」

険悪になるニコルの瞳を、銀灰色がかすめた。

「この話は、夜の闇の中ではできぬ」

だったら、昼間のうちにやっとけよ、とニコルはキレかけたが、ローランドの手にとめられてしまった。

「では明朝」

ローランドに引っ張られ、ニコルは階段を上った。


やわらかい毛皮の上に寝転ぶと、もはやニコルは動けなくなった。

「なんだって俺がこんな目に……」

「たぶん試されてるんだろう」

「試す？　何をだよ。草むしりの技量をか？」

「さあな。魔法使いのことは、お前のほうがくわしいだろう」

「あんなへんなの、見たこともきいたこともないぞ」

「お前も充分、変わってるけどな」

「どうせ、ぱぱっと魔法で水まきもできないよ」

ローランドが微笑んだ。

「お前はこのままでいい。このままのお前が…」

ローランドの顔が下りてきて、優しいキスをした。

「クラウドとアルヴィンのために、慣れないのら仕事なんてやったんだろう？」

「あんただって」

「俺は慣れてる」

ローランドはニコルの手をとった。白くて細い指があちこち赤くなり、皮膚が破れているところもある。

右手、左手と、両方の手のひらにキスされて、ニコルはびくっとした。小さな傷を舌が舐める感触に、さらに震える。

「ローランド…」

もっと深くキスをするために抱きつこうとして、ニコルは筋肉痛にうめいた。

「無理するな。疲れてるだろう」

「疲れててもいい」

「馬鹿いうな」

ローランドはニコルの身体を裏返した。何をするのかと思っていると、力強い指が肩にめりこみ、ゆっくりともみほぐし始めた。

「う…」

ニコルは身体をこわばらせたが、しばらくすると気持ちよくなってきた。ローランドの指は、肩から腕をほぐし、背中を通って腰の上を強く押しこむ。さらに脚へ移動して、太腿からふくらはぎまでマッサージが続いた。

「うーん…」

剣士の指が不思議なほど繊細に、痛む場所を探し出していくことに、ニコルは新たな驚きを覚えていた。

指は性的な動きはしなかったのだが、気持ちのよさが快感につながってくる。ニコルは期待で首をまわしたが、ローランドは次の動きをしなかった。

「ローランド…」

誘うような声は、腕の中に閉じ込められてくぐもった。

「もう眠れ」

「やだ」

子供のようにニコルが首を振る。

「すぐに眠れる」

あやすような声だ。俺は子供じゃないぞ、と不満を言いかけたが、ローランドにそう扱われるのは不思議と心地よかった。肉体的疲労とゆるんだ筋肉のせいで、とろとろと意識が薄まっていく。

「おやすみ」

ひどく優しい声を耳にして、ニコルはほんとうに子供のように眠りに落ちていた。


アルヴィンの意識は、時々目覚めては、また眠るという状態が続いていた。

目を覚ますたびに、何かを探すように手を伸ばす。クラウドが手を握ってやると、安心したようにまた眠った。

熱が上がってきたので、目が覚めた時を見計らっては、ニコルが用意していった薬湯を飲ませた。アルヴィンは素直に薬を飲み、クラウドの手を握ったまま眠る。

一日ほどで熱は下がり、その夜には顔色も戻って息がおだやかになった。

自分の手を握って離さないアルヴィンを、クラウドは一睡もしないで見守っていた。ほかにできることは何もなかった。

自分は、彼の傍にいるべきではない。その気持ちは変わらずに、クラウドの心を苛《さいな》んでいた。それでも今は、彼をおいてどこかへ行くわけにはいかない。それを見越して、ローランドとニコルはいなくなったのだろう。

『目が覚めたら、きいてみろ』

痛みと苦しみにのたうちながら、それでもクラウドの名を呼んでいたアルヴィンの姿が、心を切り裂いた。

何をきけというのだろう。初めてすべてを与えた男に、傷つけられた気持ちを？

我ながら、情けないとしかいいようがない。誰を相手にしようと、死すら恐れたこともないクラウドが、初めて恐れていたからだ。

アルヴィンの言葉を。

二晩目に入り、さすがにクラウドの疲労がたまってきた。ベッド脇に座りこみ、手をアルヴィンに預けて、わずかの間、仮眠をした。きつく手を握られて起こされたのは、ほとんどその直後だった。

つけっぱなしにしていたランプの灯りの中で、アルヴィンの目が開いていた。

「アルヴィン？」

じっと虚空を見ていたようなアルヴィンの目が焦点を結び、いきなり上半身を起きあがらせた。

クラウドが素早くその身体を支えた。

「急に起きるんじゃない」

「駄目だ…！」

アルヴィンはきつくクラウドの腕を握り締めた。

「危ない――！」

「アル！」

肩をつかんで軽く揺さぶる。びくっとしてアルヴィンの視線が向いた。

「クラウド…？」

「そうだ」

何度か目を瞬き、アルヴィンは身体の力を抜いた。

「ニコルとローランドはどこです？」

「フェイスという魔法使いに会いにいった」

アルヴィンの顔色が変わり、彼はベッドから出ようと足を下ろした。

「何してる。まだ動くな」

「そういうわけにはいきません。二人が危険です。早く警告しないと」

クラウドの腕を振りきって、ぱっと立ちあがる。足を踏み出すと、たちまち痛みによろめいた。倒れる前に、クラウドの腕が抱きとめた。

「まだ無理だ」

「ここでじっとしてはいられません。ほんとうに危険なんです。わたしには分かります」

「分かった。分かったから、とりあえず服を着ろ」

「あ…」

アルヴィンは自分の身体を見て、顔を赤らめた。クラウドが町から仕入れてきた新しい服を差し出した。

アルヴィンは身体の痛みに注意しながら、慎重に新しい服を着た。縫い目のところに銀の飾り紐がついていて、美しい服だった。

「あなたが選んでくれたんですか?」

アルヴィンは少し嬉しそうな顔をした。

「ありがとう」

「礼など言うな」

前の服が破られた状況を考えれば、礼など言っている場合ではないだろう。クラウドは苦い思いに囚われた。

「俺には、ほかに言うことがあるだろう」

「はい。とにかく、急がないと」

アルヴィンがまた外へ出ようと歩き出す。今度は用心していたので、倒れずに扉までたどりついた。

クラウドが追いかけて腕をつかまえた。

「やめろ。まだ無理だと言っただろう」

「一刻を争うんです」

「それなら、俺が行く。俺が知らせに行くから、お前は休んでいろ」

アルヴィンは困った顔をした。

「でも、口では場所を伝えられないんです。その場所は見えるんですが、初めての場所なので実際に行ってみないと」

「…………」

「もしあの二人に、何かあったら…」

「分かった」

クラウドは唐突に言った。くるりと背を向け、膝をついた。

「おぶっていくから乗れ」

「え……？」

「今のお前の状態では、そのほうが早い」

「でも……」

「ためらってる時間はない。山道に入る頃には夜が明けるだろう。お前が背中から場所の指示をしろ」

「はい」

アルヴィンは頷いて、クラウドの広い背中に被さった。きゅっと首に手をまわすと、クラウドが立ちあがった。

「ランプを持って、道を照らすんだ」

「はい」

アルヴィンがランプを壁の杭からはずし、前に掲げるようにした。

「前にも、こうしてくれましたよね」

「……ああ」

「ほんとうはちょっと、こうやっておぶってもらうのは好きなんです。あなたの背中は広くて、なんだか安心できて」

「やめろ」

「すみません。迷惑をかけてるのに」

「詫びなど言うな」

「わたしは重いですか？」

「……いや」

背中のぬくもりを感じながら、クラウドは確かな足取りで夜の中を歩き出した。

6

目覚めた時、腕の中にいたはずのニコルの姿がなかった。ローランドは伸びをして、珍しいことがあるものだと思った。ニコルのほうが早起きすることは、滅多にない。

階下におりても、ニコルの姿はなかった。

外へ出て、井戸のところへ行った。顔を洗って、ニコルが精魂をこめた畑を見渡したが、やはり見つからなかった。

少しずつ、嫌な予感がしてきた。傍を離れるな、と言ったはずだ。一人でどこへ行ったのだろう。

家の中に戻り、フェイスを探した。彼は小さな脇部屋でベッドに座っていた。

「フェイス？　ニコルを見なかったか？」

「ニコル？　いや」

フェイスは顔をあげた。もともと白い容貌が、さらに色を失っていた。銀色の髪も褪《あ》せたように感じる。唇は土気色だった。

ただならぬものを感じて、ローランドは部屋に足を踏み入れた。

「どうしたんだ？」

「たいしたことはない」

「どこか具合が悪いのか」

「気にするな」

フェイスが首を振って立ちあがった。

「それより、あの魔法使いがいないと？」

「そうだ」

「魔剣を探しに行ったか」

「あいつはそんなことはしない」

「魔力の誘惑は絶大なものだ。まして、彼のような血筋のものであれば」

「ニコルのことを知っていたのか？」

ローランドは目をすがめた。

「父親のことを言ってるなら、お門違《かどちが》いだ。汗まみれで働くニコルを見ただろう。あれは魔剣のためじゃない。友人を助けるためだ。ニコルは絶対に、闇の力になど囚われない。誰よりも俺が、そのことを知っている」

確信をこめて言った時、表に人の気配がした。

「ニコル！」

ローランドは期待をこめて戸口へ走った。そこで見つけたのは、アルヴィンを背負ったクラウドだった。

「クラウド？　いったい…」

「わたしがつれてきてもらったんです」

クラウドがアルヴィンをそっと地面に下ろした。

「危険が迫っています。ニコルはどこですか？」

「…いない。朝から姿が見えない」

「そんな…」

アルヴィンが拳を握り締めた。

「何を予知したんだ」

「恐ろしい恐怖と、喪失の痛みを…」

「くそっ、もっと具体的に分からないか」

クラウドがローランドの肩に手を置いた。

「落ちつけ。とにかくニコルを捜そう」

「ああ…」

ローランドはふうっと息を吐き、クラウドを見た。

「そういえば、川は大丈夫だったのか？」

「川？　あの浅い川か？」

がたっと戸口で音がした。振り向くと、フェイスが扉にすがるようにして立っていた。

「まだ早過ぎる…、わたしの結界が…」

「なに…？」

一陣の風が吹き、急に気温が下がったように感じられた。木々の枝が揺れ、木の葉と土ぼこりが舞いあがる。ローランドは手で目をかばった。手をはずした時、丸く切り開かれた空き地の真ん中に、男が立っていた。

この世のものではないような真っ青な瞳。作りものめいた整った容貌。

ローランドはその男を知っていた。白魔術師たちを殺し、傭兵軍団を使って町々を破壊した男、ケアルだった。

「やあ、久しぶり」

ケアルは明るく笑って挨拶した。

「貴様…、なぜここにいる」

剣に手をかけるローランドに、ケアルは首を振ってみせた。

「無駄なことはやめときなよ。せっかく僕が、とっておきの情報をもってきてあげたのに」

明るくしゃべるケアルは、陽気な若者に見える。黒魔術師には見えないその姿が、もっとも恐ろしいものだということをローランドは知っていた。

「情報だと？」

「僕は親切な男なんだ。探し物があるんだろう？」

ローランドの歯がぎりっと鳴った。ケアルは楽しそうに笑った。

「それって、プラチナブロンドに、薄いブルーの目の綺麗なお人形さんじゃないか？」

「貴様……！」

ローランドが剣を抜いた。

「どこにいる！」

「やだなあ、怖い顔して。ききたくないのか？」

「早く話せ！」

「お願いにしては横柄だけど、まあ、いいか」

ケアルはにっと笑って、右手をあげて振った。その上空に、ぼうっと映像が浮かびあがった。

ニコルだった。目は閉じられ、顔は下を向いている。その両手と両足にはそれぞれ金色のロープのようなものが巻かれ、四方から吊り下げられるような状態になっていた。

アルヴィンが小さく息を呑む。ローランドはその姿を、食い入るようにじっと見つめた。

「どこにいる」

「まあ、あせるなって。ニコルはまだ無事だ」

冷酷な怒りをたぎらせた目を向けられて、ケアルは微笑んだ。

「でも、いつまでもってわけじゃない。あのロープは魔道の糸でね、少しずつ縮んでいくんだ。どんどん縮んでいくと、どんどんニコルの手足が引っ張られて、最後にはバラバラに引き裂かれる。痛そうだよな」

ケアルに斬りかかりそうになるのを、ローランドはかろうじて抑えた。

「何が望みだ？」

「なんだ、けっこう察しがいいね」

優しげな声で続けた。

「あのロープは、僕じゃなければはずせない。なにしろ魔道の糸だからね。でも、僕はあまりスプラッタが好きじゃないんだ。ニコルのことは気に入ってるし。だから、魔剣と引き換えに、彼を帰してあげよう。もちろん、本人が帰りたいって言ったらだけど」

「拘束されていなければ、貴様のところなどにはいない」

「どうかな」

「取引場所はどこだ」

「また後で知らせるよ。そうだね、ぴったり正午でどうかな。それまでに魔剣をフェイスの結界から出しておかないと、ニコルのロープのゆるみがなくなるよ」

楽しそうな笑い声を響かせて、ケアルの姿が消えた。同時に、空中のニコルの姿も消えうせた。

ローランドはしばらくその空間を凝視していたが、やがて剣を収めた。

「いかん…」

うめくように言葉を発したのは、フェイスだった。ぐらりと身体がかしぎ、フェイスは地面に倒れた。

「フェイス!」

ローランドが傍に膝をつく。フェイスは胸を押さえて苦しそうに言った。

「なんということだ、こんな時に…」

フェイスはなんとか息をしようとするかのように、大きくあえいだ。

「あれに触れてはいけない…、あれは、この世の者が触れてはいけないのだ」

「分かっている」

ローランドはフェイスの身体を支え、楽なように背をさすった。

「だが今は、ニコルを助けるために必要だ。魔剣のある場所を教えてくれ」

「駄目だ」

「借りるだけだ。絶対にケアルには渡さないと約束する。この命にかえて」

「駄目だ…、あれは、あまりにも…」

「あんたの結界が崩れてるんじゃないのか？　ならばどのみち、ケアルを防ぐことはできないぞ」

「魔剣は…」

がっくりとフェイスの頭が垂れた。首筋に手を当て、気を失っただけなことを確認してから、ローランドは彼を抱えた。そうすると、見た目よりもはるかに軽く、ローブの下が痩せているのが分かる。家に運び入れ、ベッドに寝かせた。

後ろについてきたアルヴィンが、フェイスの額に手を当てた。

「彼は、病にかかってるんですね」

「そのようだ」

「それで、彼のかけた結界が危ないと？」

「たぶんな」

「では、魔剣はもう守られてないんでしょうか」

「川はお前たちに反応しなかったんだろう。可能性はあるな。それなら、ケアルに結界のことを気づかれる前に、こちらが魔剣を手に入れないと」

「それで、どうするんです。魔剣をケアルに渡すのは…」

ローランドは眉間をもんだ。

「とりあえず、時間を稼ぐ必要がある。魔剣の危険さはケアルにも分かっているはずだ。そう簡単に抜いたりはしないだろう。ニコルを助け出せれば、リドラックや白魔術師の助けを求める時間ができる」

青白い顔で横たわるフェイスを見やった。

「彼の意識が戻らなければ、魔剣を手に入れられず、ニコルは助からない」

「それなら、わたしが見つけられると思います」

しっかりした声で、アルヴィンが言った。

「できるか？」

「たぶん」

アルヴィンは脇部屋を出て、食卓の椅子に座った。両手を膝の上に組み、目を閉じる。夢に現れた魔剣を思い浮かべ、じっと精神を集中させた。

魔剣が見える。その精密な意匠。かすかな灯り。拘束されているニコル。

アルヴィンは目を開けた。

「どうだ？」

傍で息をつめていたローランドが、即座にきいた。

「まだです。どうも、精神が集中できなくて」

「頼む、アルヴィン」

「分かってます」

アルヴィンは再び目を閉じた。ニコルの姿を意識から締め出す。心配でたまらないが、今は魔剣を探すのが先だ。魔剣だけに意識を集中した。

ちらちらする灯りに照らされる岩壁。洞窟だ。アルヴィンの意識が洞窟から飛び出し、切り立った岩棚を移動して森を抜ける。小さな田舎家が見えた瞬間、意識がアルヴィンの中に戻った。

「アル？」

「見えました」

はっきりと告げた。


ニコルは、ぱちっと目を開けた。

昨夜は、温かなローランドの腕の中で眠ったはずだ。好きな男と一緒に寝ているのに何もしないで眠るのは、彼としては不本意だったのだが、不思議と幸せだった。

その温もりが、消えていた。

「あれ……？」

ようやく意識がはっきりしてくると、自分のいる場所に愕然とした。薄暗い岩穴のようなところで、空気にはこもった匂いがしている。岩穴の天井は高く、ちょうど舞踏会ができそうな、ナミレスの屋敷の大広間ぐらいの広さがあった。

ぼんやりとした灯りでごつごつした岩壁が濡れて光っているが、隅のほうは闇に沈んでいてよく見えない。

動こうとして、まったく動けないのが判明した。それぞれの手首と足首に、かすかに発光しているロープのようなものが巻きついている。両手は上から吊り下げられ、両足は下に引っ張られ、蜘蛛の巣にかかった蝶みたいな状態で宙に浮いていた。

「なんだよ、これ」

体重が手首にかかって、ただでさえ筋肉痛の腕が痛む。身体をばたつかせて暴れてみたが、縛めはびくともせず、身体が痛んだだけだった。

「お目覚めかい？」

唐突にかけられた妙に明るい声に、鳥肌がたった。

「ひょっとして…」

おそるおそる首をめぐらしてみる。思った通りの、真っ青な瞳とぶつかった。

「やっぱり」

「また会えて嬉しいよ」

「俺はちっとも嬉しくない」

ケアルはにっこり笑って近づいてくると手を伸ばし、頭一つ分高い位置にぶらさがっているニコルの頬を撫でた。

「言っただろう？　いつか君は僕のものになるって」

「こんな風に吊り下げられてたら、あんたのものになりようがない。このへんなロープをはずしてくれ」

「このままでも、僕のものだと思うけど」

「これじゃあ、いいことも悪いこともできないだろ。はずしてくれたら、サービスしてやるから」

くすくすとケアルは笑った。

「君が相変わらずで嬉しいよ」

「だったら、はずせよ」

「せっかくの申し出なんだけど、しばらくはそのままでいてもらわないと。もうすぐ、君の大事な人が助けにくるから」

「なんだって？」

ニコルはぎょっとした。これは蜘蛛の巣そのもので、自分がローランドたちを呼び寄せる餌になっているのだ。

ニコルは無駄だと思いつつも、もう一度、手足をばたつかせた。どれか一つでもはずしたかったが、やはり拘束はゆるまない。それどころか、前よりきつくなったようだった。

「ああ、駄目だよ。暴れるとますます時間がなくなる」

「なんの？」

「気づかないか？　その糸は少しずつ短くなって、君の身体を四つの方向に引っ張ってるんだ。ぎりぎりまで引っ張られた後は、どうなると思う？」

ぞっとして、ニコルは動くのをやめた。

「何を考えてるんだ、ケアル」

「おもしろいこと」

「俺をバラバラにすることか？」

「そうならないように、僕も願ってるんだ。ちゃんと来てくれるといいよね。それを取りに」

「それ？」

ケアルが指し示したものを見た。地面から三十センチくらい浮いたニコルの足の先に、岩の台座があった。その上で、ぼんやりと光っているものがある。それが、この岩穴の中を照らしているのだ。

よく見ると、それはまさしく、魔剣だった。


アルヴィンが魔剣のところへ案内するに先だって、今回も背負っていくとクラウドは主張した。

「もう大丈夫です。ちゃんと歩けるようになりましたし」

「駄目だ」

「相手はケアルです。いつ剣を抜く必要があるか分からないでしょう。両手はあけておいたほうがいいに決まってます」

剣士としての本能に訴えると、ようやくクラウドは折れた。

「いいだろう。だが、倒れないように俺につかまってるんだ」

「はい」

アルヴィンはちょっと顔を赤くして、ずっとクラウドの服をつかんで歩いた。

森を抜けて岩棚に出ると、クラウドは再び言った。

「ここまでくれば、後は指示するだけでいいだろう。お前はここに残れ」

「洞窟の入口は分かりづらいんですよ。まだ結界がかかってたら、見えないかもしれませんし」

「じゃあ、俺におぶされ」

「もう大丈夫ですってば」

「崖を登るんだぞ。途中で落ちたらどうするつもりだ」

これ以上は妥協しない、というクラウドの目を見て、アルヴィンは頷いた。

「分かりました」

クラウドの背中に被さり、落ちないようにしがみつく。クラウドが帯でアルヴィンの身体を自分の身体にくくりつけた。アルヴィンの体重が重しになっているにもかかわらず、クラウドは楽々と崖を登り始めた。

ローランドはずっと無言のまま、魔剣のところへ向かっていた。

つい昨夜まで、ニコルは自分の腕の中にいたのだ。それが今は、少しずつ身体を引き千切られようとしている。

腕の中から奪われた時、どうして気づかなかったのか。ずっときつく抱き締めていればよかったのだ。守れなかった自分を、責めることしかできない。

ニコルは、玉座に座らせて飾っておきたいような美貌の持ち主だ。だが彼は、それを平気で泥まみれにし、汗を流し、手を傷つけても、人の苦しみをなんとかしようとする。背負ってきた過去も、辛い思い出も、誰を憎むこともなくさらりと受け流す。

そういう強さをどれだけ愛しいと思っているか、ちゃんと伝わっていただろうか。

どれだけローランドを救い、幸福にしてくれたかを。それこそが、ニコルが使っている魔法なのだ。

ローランドは前に一度、ニコルを失ったと思った。もう二度とニコルを失うわけにはいかない。たとえ、何を引き換えにしようとも。

彼らは岩棚にたどりついた。数人がキャンプできそうなぐらいの大きさだ。アルヴィンがクラウドの背中から下りて、壁を探っていった。

洞穴の入口があった。闇へ続く入口は、なんの抵抗もなく彼らを招き入れた。

ニコルは冷汗を浮かべていた。だんだんと腕と足が張りつめてきている。関節にかかる痛みが増して、身体が引き千切られつつあるのは確実だった。

だいたい、どうして魔剣がここにあるのだろう。魔剣にニコルの血をかけると何かが起こるとか、妙な言い伝えでもあるのだろうか。そこにローランドを呼び寄せて、何をさせようというのだろう。

分かることは、とてつもなく陰険な何かだということだ。

「なあ、ケアル」

「なんだい?」

「あんた、白魔術師でも、黒魔術師でもないって言ってたよな」

「そうだよ。グレイってかっこいいだろう」

「俺も、どっちでもないって思うことがある」

ニコルは痛みをこらえて、扇情的な笑みを浮かべてみせた。

「俺の居場所は、ここにはないんだ。親父のことを言われて罵《ののし》られるのも、力のない白の魔法使いでいるのも、そろそろうんざりだ。俺には、あんたの気持ちが分かるように思う。どちらでもないから、どちらも嫌いなんだろう。二人でどこか遠くへ行かないか。白とか黒とか関係ないとこへさ」

「恋人はどうするんだい？」

「彼とは、身体の相性がいいから一緒にいただけだ。あんたとは、もっといいかもしれない」

ぺろりと唇を赤い舌で舐める。ケアルが嬉しそうに笑った。

「前にもそんなことがあったね」

「今度は、本気だ」

「僕のものになるかい？」

「いいよ」

「それを、彼に言ってくれたら信じよう」

どきっとニコルの心臓が鳴った。顔をあげると、影になっている横穴から人の姿が現れた。岩穴に入ってきたのは、確かにローランドだ。クラウドも、アルヴィンもいる。説得は時間切れだった。

「やあ、待ってたよ」

ケアルが手で差し招く。思わぬニコルとケアルの姿に、三人は驚愕して立ち尽くした。

「なぜ、ここにいる」

「フェイスの結界は、もうボロボロじゃないか。こんなに簡単に破れるんなら、わざわざ君らに頼む必要もなかったな」

ローランドはニコルのほうに近づき、ぼんやり光っている魔剣に目をやった。

「じゃあ、もういいだろう。ニコルを返してくれ」

「なんで？　取引材料がなくなったんだ。ニコルは僕のものだ」

ケアルはニコルの頬を撫でた。

「ニコルも僕のものになると言ってくれたし。ねえ？」

ちらりとローランドを見てから、ニコルはケアルに目を戻した。

「そうだ。あんたのものになるから、もうローランドは関係ないだろう」

「じゃあ僕は、君に何をしてもいいのかな」

ニコルの頬から手を滑らせて、見せつけるように胸元に手を入れる。ローランドの瞳が怒りで燃えた。

「ニコルに触るな……！　お前は魔剣が手に入ればいいはずだ」

「フェイスは僕に魔剣を渡すことを承知したのか？」

「…………」

「勝手に僕のものにしちゃっていいのかい。ここは、魔剣を守って戦う場合なんじゃないか？」

「いいから、ニコルを離せ」

「やだね」

ケアルは笑って、ニコルから手を離した。空中で指をぱちりと鳴らす。突然、ニコルを縛めていたロープが輝きを増した。

「あっ…」

ニコルが痛みに声をあげる。ローランドは顔色を変えた。

「やめろ！　まだ正午じゃないぞ！」

「時間なんていくらでも変えられるんだ。そこで見物するかい？」

ロープがさらに張る。ニコルの身体がぐっと張りつめた。

「つっ…！」

「やめろ！」

ローランドが剣を抜き、ケアルに斬りかかった。凄まじい一撃をケアルはあっさりと避け、ふわりと後方へ飛んだ。ニコルをつないでいるロープに、ローランドが剣を振り下ろす。たいして太くもないそのロープは、傷一つなくローランドの剣をはね返した。

「だから言ったろ。魔道の糸だって。魔力がなきゃ斬れるもんか。あんたらのうち、誰にも無理だね」

さらにロープが張って、ニコルの関節がぎりぎりと痛んだ。

「いった…」

「やめろ！」

「人の腕って、どのくらいで取れるのかな」

「やめろ!!」

ローランドが絶叫した。次の瞬間には、魔剣に手を伸ばしていた。

「いけない！」

アルヴィンが叫んだ時は、もう遅かった。ローランドは魔剣を抜いていた。かっと閃光が目を焼いた。白銀の刃が、輝く光をともなって現れた。光はローランドを包みこみ、全身を輝かせる。

ローランドが魔剣を振り下ろした。魔道の糸は、紙のようにすっぱり切れた。切れると同時に、魔道の糸は跡形もなく消滅した。

「ロ、ローランド……！」

ニコルは地面に放り出され、上擦った声で呼んだ。剣を抜いた瞬間に、鞘が消えている。鞘自体が封印だったので、もはや戻せないのだ。

ローランドの右手に握られた剣は、ますます輝きを増していた。柄の形が変形し、植物のつるのようなものが伸びてきて、ローランドの腕に巻きついた。それはまるでローランドの腕の一部のようになり、しっかりと固定された。

「やっぱりな」

ケアルが感心したように言った。

「剣が選ぶのは、強い剣士だと思ってたんだ。僕としては、そっちの魔物系の奴でもよかったんだけど」

ちらっとクラウドを見る。クラウドは反射的にアルヴィンをかばって、後ろにさがった。

ニコルは震えがとまらなかった。ローランドが魔剣を抜いてしまったのだ。何が起こるか分からない魔剣を。そして、魔剣はローランドの身体の一部になろうとしていた。

「こ、こんなこと…」

「嬉しいだろ、ニコル。君の男は、君のために、やっちゃいけないことをやったんだ」

ケアルは笑った。

「自分の恋人のためなら、魔剣を僕に渡すことも、抜くこともする。その結果、ほかの誰が傷つこうが、世界が滅びようが、何を犠牲にしてもいいわけだ。とんでもなく身勝手で、傲慢《ごうまん》で、闇の者に近いと思わないか」

「違う！」

ニコルは叫んだが、声は無様に震えていた。

「僕はこの時を待ってたんだ。お察しの通り、魔剣の力は制御できない。たとえ僕でもね。でも、魔剣と融合した人間の魔力は操れるんだ」

「な……んだって……？」

「僕はね、人に夢を見せるのが得意なんだ。君には素敵な未来の夢を見せてやっただろう？　預言者には、わざとヒントっぽいものにしたんだ。君たちを呼べば、都合よく剣士が手に入ると思ってたからさ。以前はフェイスの結界が強くて、さすがの僕も魔剣に手が出せなかったんだけどね。最近は身体が弱って力を失いつつあるから、ちょっとゲームを仕組んでみたんだ。君たちは実に期待通りに動いてくれたよ」

「き、貴様……」

ニコルの全身が、怒りで爆発しそうになった。ケアルは初めからローランドに魔剣を抜かせるために、こんなことを仕組んだのだ。

ニコルは生まれて初めて、心の底から人を憎いと思った。

「この男はもう、闇の者だ。闇の力に支配された者は、僕に従う」

ケアルは両手で円を作った。その中に青い炎が躍る。それをローランドに向かって放った。青い炎が、ローランドの身体を包んで燃える。苦しげな声を出して、ローランドが身体を二つに折った。

「な、何をした！」

「黒の魔術さ。闇に囚われし者よ、我に従え！」

ケアルの言葉と共に、青い炎が勢いを増す。それは、しばらくローランドの身体のまわりを躍った後、まるで身体の中に吸いこまれるように消えた。

「ローランド…？」

「こっちへ来い」

ケアルの命令に、ローランドが動いた。右腕に魔剣を生やし、顔は仮面のように表情がなく、目は黒い穴のようだ。

ローランドはゆっくりと、ケアルのところに来た。

「いい子だ。これからは、僕の手足になってもらう。まずは忠誠の証《あかし》に、あっちの二人を殺してみるか？」

クラウドとアルヴィンを指差して笑った。

「これでも僕はロマンチストだから、ニコルを殺せとは言わないよ」

指を差されたほうに、ローランドが一歩、足を踏み出した。

「ローランド！」

ニコルは絶望的な思いで叫んだ。あのローランドが、アルヴィンやクラウドを殺す？　とても信じることなどできなかった。

ローランドがさらに一歩進む。クラウドがアルヴィンを背にして、剣に手をやった。もはや避けられないものを感じたのだ。

「ローランド！」

もう一度ニコルが叫ぶと、ローランドの足がとまった。

「どうした？　まだ気になることでもあるのか？」

ケアルが手を振ると、再び青い炎が出現した。ローランドの身体が揺らぎ、咆哮がもれる。すると、右手の魔剣が輝きを増した。

白銀の輝きが、青い炎を圧倒した。

ローランドの身体の中から溢れるような光が、青い炎を蹴散らした。まるで光に吹き飛ばされるように、炎が粉々に散っていく。しつこくまとわりついていた残り火も、やがて小さくなって消えていった。

「ちっ…」

ケアルが舌打ちした。その音に反応したようにローランドが振り向き、ケアルに向かって剣が一閃された。

「うわっ」

間一髪でケアルの袖が切れ、血が滴《したた》った。ケアルは上に跳躍して、高い岩棚に飛び移った。

「思ってたより、魔剣の力は強かったようだな」

忌々《いまいま》しそうに言った後、口元には再び笑みが浮かんだ。

「でも、おもしろいことにはなった。今度の魔物が何をするか、楽しみだよ」

楽しそうに言いおいて、ケアルの姿は闇に消えた。

「ローランド…？」

ニコルは地面にへたりこんだまま、かすれた声で呼んだ。何がどうなったのかよく分からないが、とにかくローランドはケアルの企てを破ったのだ。ローランドが、ゆっくりと顔を向けた。

「ニコル…」

その口元に今までと同じ優しい微笑を見た瞬間、ニコルは跳ね起きた。一足飛びに駆け寄って、勢いよくローランドに飛びつく。ローランドは左手で彼を抱きとめた。

「よ、よかった、どうなることかと思った…」

ぎゅうっと力をこめて、胸にしがみついた。安堵のあまり泣き出しそうになる。ローランドの左手はきつく抱き返してくれたが、ふいに身体が押し戻された。

「俺から離れろ」

「ローランド？」

「あの男の言ったことは、一つだけ正しい。俺はすべて分かっていながら魔剣を抜いた。剣の魔力を使った以上、その報《むく》いを受けなければならない」

「何言ってんだよ！　報いなんて…！」

「離れろ！」

強い力で突き飛ばされた。ニコルはたたらを踏み、目を見開いた。ローランドの身体が、再び光に包まれている。輝く球体の中で、ローランドの黒髪がざわざわと逆だった。

腕が、肩が、盛り上がる。ローランドの胸衣が、圧力に耐え切れずに破れた。端麗な男らしい鼻梁が微妙に変形し、猛禽類のように鋭くなった。全身が強く太くなり、獰猛《どうもう》さが増していく。

魔剣は、ローランドを魔物に変えようとしていた。

呆然と見つめながら、ニコルは声もでなかった。

光の輪が消えた時、そこにはローランドであって、ローランドではないものが立っていた。

選ばれた者は、魔剣と融合する。その者が、魔剣の一部となる。魔剣の一部になってしまった者は…。

「いやだ…」

ニコルは首を振った。

「いやだ！」

何も考えず、ニコルは再びローランドに飛びついていた。一回り太くなった剥きだしの腕にしがみつき、必死の形相で見上げた。変わってしまった姿の中で、ローランドの漆黒の瞳だけが、変わらずにそのままだった。

「ローランド…」

「離れるんだ」

声は、ひどくしわがれていた。

「いやだ」

「魔剣の力は強い。そのうち俺は呑みこまれる」

「駄目だ！」

ニコルは怒鳴った。

「諦めるなと言ったのは、あんただろう！　あんたは俺よりもっと強いんだ。魔剣なんかに負けるはずがない。俺だって、絶対に諦めないからな！」

「離れろ、ニコル」

「なんだってするから…！　俺があんたを引きとめるから！」

「こんな俺の姿を見るな…！」

しがみついたローランドの腕が震え、魔剣がまた光を放った。ニコルをもぎ離そうとするように身体が動きかけ、無理やり抑えつけたようにとまる。ニコルの薄青の目が潤んだ。

「どんな姿になったって、ニコルを傷つけまいとしているのだ。

彼は今でも、ニコルを傷つけまいとしているのだ。

「どんな姿になったって、ローランドはローランドだ。俺は絶対に離れないからな！」

ローランドの視線がニコルから離れた。クラウドとアルヴィンは、なす術もなく立ち尽くしている。漆黒の静かな瞳が、もう一人の剣士を見た。

「クラウド」

しわがれた声は、明瞭に響いた。

「今のうちに、俺を殺せ。俺が、正気でいるうちに」

「………！」

死のような沈黙が広がった。

「魔物が死ねば、魔剣は再び封印される。あんたなら分かるだろう。俺を殺さなければならないことが」

クラウドの唇が、ぐっと引き結ばれた。

「俺が、世界を滅ぼす姿を見たいのか？」

世界を滅ぼす。大切な者を傷つける。

完全に魔物となれば、敵も味方も区別がなくなるのだ。その意味が分かる。その痛みも。

ひどくゆっくりと、クラウドは剣を引き抜いた。これほど抜きたくないと思いながら剣を抜いたのは、初めてのことだった。

「クラウ…」

アルヴィンは言いかけて、言葉を呑みこんだ。唇を噛み締め、双方の痛みを思って身体を震わせた。

剣を手に近づいてくるクラウドに、ニコルは蒼白になった。

「ク、クラウド？　冗談だろ」

「どくんだ、ニコル」

クラウドは低い声で言った。

「何考えてるんだ、これはローランドだぞ！」

「ローランドのためを思うなら、どくんだ」

ゆっくりとクラウドの剣があがり、身構える。

「やめろ！」

ニコルはローランドの前に出て、間に立ちふさがった。

ローランドの左手が、ニコルを押しのけようと肩を押した。指はごつごつと太く、爪は鉤爪《かぎつめ》のように湾曲している。ニコルなど一撃ではね飛ばせるほどのパワーを持っているはずなのに、力を使うことを恐れているような動き。

ニコルはそのローランドの手を両手で包んだ。一度として、彼の手はニコルを傷つけたことがない。そうっと節くれだった指に口づけた。

まるでそれに対抗するように、魔剣が再び輝きを帯びた。光がローランドの上半身を這い、さらに服の一部が破れて落ちる。ローランドはその光に耐えるかのように、うめき声をあげた。

ニコルはローランドの手を握る両手に、さらに力をこめた。同じような強さで光が反応する。苦しげな咆哮をあげ、ローランドが膝をついた。

その様子にクラウドは目を細めた。ローランドの身体を、右手の魔剣と、左手のニコルが、まるで取り合いをしているようだ。

クラウドは剣を構え直し、間合いをつめた。

「どいてろ、ニコル」

「クラウド！」

「右腕を斬り落とす」

ニコルは目を見開いた。剣士の利き腕を斬り落とす。それがどんなことかは分かる。だが、ローランドは助かるのだ。

ニコルはローランドの左手を握ったまま、横にどいた。

「早くしろ……！」

うめくように言って、ローランドがなんとか立ちあがった。ローランドの瞳が一瞬、銀色の光を放ち、再び黒に戻る。彼の内部で、壮絶な戦いが繰り広げられているのが見てとれた。目には見えないが、命を賭けた戦いだ。

クラウドはすっと近づき、剣を振りあげた。

「待て！」

岩壁に反響する大声で、剣はぴたりと止まった。

「フェイス！」

横穴を抜けて現れた魔法使いに、アルヴィンは喜びの声をあげた。

「なんということだ……」

フェイスは呟いた。顔色はまだ悪かったが、足取りはしっかりしている。姿の変わっているローランドに、険しい目を向けた。

「魔剣と融合した者は、ほぼ不死身になるのだ。ただの剣などでは斬れん」

「では、どうする！」

クラウドが振り向いて怒鳴る。フェイスは首を振った。

「あれに触れてはいけないと、あれほど……」

「今更そんなことを言っても、仕方ないでしょう！」

アルヴィンも声を荒げていた。

「何か方法を……！」

「一つあるな」

答えたのは、ローランドだった。ぎしぎしと音がするほど身体に力を入れ、ローランドは右手の魔剣を自分の首まで持ちあげた。

「ただの剣なら斬れなくても、これなら斬れる」

剣が妨害するように輝くが、ローランドはやめなかった。

「血が欲しいか？　ならば、俺の血をくれてやる」

魔剣に向かって挑発し、じりじりと首に近づけていく。魔剣が首に触れ、血が滴り落ちた。さらに力を入れようとする腕を、ニコルがつかまえた。

「やめてくれ……！」

「離すんだ。もう、時間がない。そろそろ限界だ」

「頼むから、やめてくれよ！」

ニコルの瞳から涙が溢れ、頬に伝わった。

「まだ、ぜんぜん足りない。俺があんたと一緒にいた時間は、まだぜんぜん少ないんだ。アルヴィンより、ずっと少ない。俺たちはもっと一緒にいて、もっと思い出を作って、もっと幸せになるんだ。まだ早過ぎるよ。ローランドを失うなんて、俺には耐えられない…」

涙は次から次へと溢れて、ローランドの腕に落ちた。

「あんたが逝ったら、俺も逝くからな！」

首から血は滴っていたが、深くなる前に腕がとまった。苦しげに、ローランドが震えた。

「ふむ、あの状態でまだ人間の意識を保っているとは、たいしたものだ」

フェイスが首を振りながら言う。アルヴィンがきっとにらんだ。

「感心してないで、何か方策を考えてください！」

「融合に時間がかかっている…。あれだけ剣の魔力に抵抗できる男なら、成功するかもしれん。昔はできなかったことが…」

「方法があるんですか！」

「だが、わたしの身体はもはや強い魔術には耐えられない。強い肉体が必要だ…」

フェイスはいきなり顔をあげ、ニコルをぴたっと指差した。

「そこの魔法使い！」

「え？　お、俺？」

「ほかに誰がいる！　いいか、これよりわたしの魔力をお前の身体に移動させる。お前とわたしの意識をつなげて、白の魔術を発動させる」

「そんなこと、できるのか？」

「お前は心を開き、抵抗せずにわたしの意識を受け入れろ。少しでも障壁があれば、力は発揮されない」

「心を開くって、どうするんだ？」

「頭の中のすべての思考、すべての記憶、すべての欲望を、わたしに隠そうとしないことだ」

「見たけりゃ見ろよ。そんなことでローランドが助かるなら、さっさとやってくれ」

「では、気分を楽にしろ」

ニコルは深呼吸をして、目を閉じた。受け入れろと言われても、具体的にどうすればいいのかよく分からなかったので、ローランドのことを考えた。

彼がまた、元の姿に戻ることだけを願った。もし、姿が戻らなくても、ローランドでさえあればいい。彼が死なずに傍にいてくれれば。

するりと、何かが彼の頭の中に入りこんだ。

奇妙な感覚だった。自分とは別の意識が、もう一つある。それは魔法書の時と似ていたが、自分では身体が動かせなかった。

ニコルの意識がぼやけた。身体の感覚がなくなって、宙に浮いているような気分になる。魔道の糸に吊るされているよりは、ずっと楽だ。

心の中に、光が満ちた。温かい、しっかりとした光だ。

ニコルの目が開いていた。自分で開けたつもりはないので、フェイスが開けたのだろう。目の前に、ローランドがいた。

魔剣の光が、彼を包み始めていた。ローランドの瞳が、苦しげに細められている。剣を首に押しつけようとする力が増すのを感じた。

ニコルは手を伸ばそうとした。手は伸びなかった。代わりに、心の中の光が爆発した。


さながらそれは、光と光の激突だった。

ニコルの身体から白い光が放たれたと同時に、魔剣の輝きも一気に高まった。同じような白い光だったが、微妙に差があった。

魔剣の光は冷えた夜の月のようであり、ニコルの発する光は、朝の日差しのようだ。

ニコルとローランドのまわりを光が包み込み、どちらがどちらの光か分からなくなる。熱はなく、ただ眩《まぶ》しい輝きだけがある。

ニコルの身体が急に自由になった。まるで縛めを解かれたようだ。ニコルは無意識のうちに足を前へ出していた。

ローランドの身体に触れる。ニコルはそれを、両手で抱き締めた。

二つの光が混じりあい、まるで共鳴するかのように広がった。苦痛はなく、闇夜を照らす松明のような温かさが満ちた。

広がった光は少しずつ薄れていき、やがて両方の光が同時に消えた。

クラウドもアルヴィンも、しばらくは何も見えなかった。ようやく、薄暗さに慣れてきて視力が回復した。

光が消えた後に、ニコルとローランドが倒れていた。

ローランドの姿は元に戻り、鞘に入った魔剣が脇に落ちていた。

7

ローランドが寝ている寝室に、全員が集まっていた。彼の意識は戻っていたが、まだしっかり動くことができなかったのだ。

そこは、領主ナミレスの屋敷だった。部屋にはアルヴィンとクラウド、フェイス、ナミレスにリドラック、キアナ、そして、もっとも高位の魔法使いであるザイアードと弟子のタイロンがいた。

岩穴で魔剣が元の姿に戻った後、ザイアードとタイロンが現れたのだ。ザイアードは空間を瞬時に移動することができる。フェイスは自分の身体に意識を戻したものの、動けないくらい消耗しており、ニコルもローランドも意識を失ったままだ。

事態を見て取ったザイアードが、彼らをナミレスの屋敷まで運んでくれた。

ニコルはまもなく意識を取り戻した。目を覚ますやいなや彼はローランドが寝ているところに駆けつけ、彼が生きていて、すっかり元の姿に戻っていることを知った。

そのままニコルはローランドのベッドに潜りこみ、今も傍でしっかりローランドの腕をつかまえていた。

アルヴィンが話した一部始終をきき終えると、ザイアードが口を開いた。

「先だって、ラスターのタマリスから報告があった。ニコルがフェイスを捜しているとな」

「あの野郎……」

ニコルがぶつぶつ言った。ニコルの師匠であるザイアードは、表情を変えることなどほとんどない。だがこの時のザイアードの顔は、おもしろがっているように見えた。

「お前がタマリスを脅すから、心配になったようだ。矛先を変えたかったのだろう」

タマリスの豪華な暮らしぶりを思い浮かべ、ニコルはにんまりした。ザイアードに言いつける、というのは、けっこうな脅し文句だったらしい。

「わたしが来る気になったのは、フェイスの結界の乱れを感じたからだ。リドラックのところにいる時に、凄まじい白の魔術の発動を感じた。それを追って、あそこへ飛んだのだ」

「お前はいっつも、妙なことに巻きこまれるからなあ」

兄弟子であるタイロンに言われ、ニコルは頬をふくらませた。

「俺のせいじゃない」

そうは言ったものの、自信のなさがいくらか口調に現れた。

「あの白の魔術のおかげで、魔剣の魔力が封印されたんですか？」

ローランドが言った。彼は半身を起きあがらせていたが、まだ顔色は悪い。自らつけた喉の傷には包帯が巻かれ、声はわずかにかすれていた。

「封印というものとは少し違う。そうだな？」

最後の言葉は、フェイスに向けられていた。大きな布張りの椅子に腰かけていたフェイスは、疲れた顔で頷いた。彼の手の中には、鞘に入った魔剣があった。

「そう。これは、封印というよりも、浄化だ」

ザイアード以外には意味が分からないようなので、フェイスは説明を加えた。

「この剣にかけられた魔力は、もともと闇のものなどではない。長い間、人々の争いと欲望にさらされた結果、あのような制御不能のものに変化したのだ。わたしは、わたしの魔力でこれを浄化し、害のないものに変えられると思っていた」

「だったらどうして、さっさとやらなかったんだ？」

ニコルの口調がきついものになる。なにしろそのせいで、ローランドがひどい目にあったのだ。

フェイスが大きな溜め息をついた。

「やったのだ。すでに」

「やった？」

「そうだ。そしてわたしは失敗し、魔物を出現させてしまった」

ナミレスが息を呑むのが分かった。フェイスはそのまま黙りこみ、全員が次の言葉を待った。

ニコルが我慢できなくなって催促しようとした時に、フェイスがまた話しだした。

「魔剣そのものは、誰にも制御できない。だが、そうなのだ。ケアルとかいう男が言った通り、魔剣と融合した人間には、魔術がかけられる」

苦しそうな息がもれた。

「わたしは、自分の力を過信していた。わたしは特別であり、それができると信じていたのだ。領地での争いは激化しており、魔剣を手に入れようとする者たちが増えていた。わたしはあの時、魔剣の力を永遠に封じるべきだと思いこんだ」

銀髪が流れ、青白い顔を隠した。

「もっとも信頼する友人である男に、わたしは剣を抜くように頼んだ。彼は領地の守備隊長であり、すばらしい剣士だった。彼ならば魔剣が選ぶだろうと確信していたのだ。彼は、リカルドは、危険を知りながら、剣を抜くことを了承してくれた。わたしを信じていたからだ。思惑は当たった。剣を抜いたリカルドは、ちょうどローランドのように、剣が腕に巻きついた」

ニコルはきつくローランドの腕をつかんだ。変わってしまったローランドの姿が、まだ目の奥で悪夢のようにちらついていた。

「その時、ルシールが現れた。リカルドとルシールは恋仲だった。争いが終わったら、領主に話して許可をもらうつもりだったのだ。わたしたちは魔剣のことを秘密にしていたが、リカルドの様子がおかしいことに気づいたルシールが、後をつけてきた。剣を抜いたリカルドを見たルシールは半狂乱になり、剣を彼からもぎとろうと飛びついた。彼女を巻きぞえにできず、わたしは白の魔術をかけるタイミングを失った。そう、そして、リカルドは変化したのだ。

変化は、ローランドよりずっと早いスピードで起こった。場に身を置いていて、おそらく無意識に魔剣と共鳴したのだろう。リカルドはその頃、血で血を洗う戦物になった。わたしがようやく白の魔術を放った時は、もう遅すぎた。リカルドは、身体も、心も魔彼には、もはや効かなかった。人間との融合が完全に成された後では、その魔力は再び制御不能になってしまったのだ。わたし一人の力では、とても太刀打ちできなかった」

フェイスは罪科を告白するように顔をあげた。

「リカルドは、わたしの魔術をはね返すと、外へ飛び出していった。すべてを破壊するために。リカルドの変化を目の当たりにしたルシールは、意識を失った。わたしは彼女を残して、白魔術師たちに助けを求めにいかなければならなかった。一刻の猶予もなかったのだ。白の力を集め、魔物を殺す以外に力を封じる方法は残されていなかった。融合した人間が死ねば、剣は再び鞘に戻る。

もちろんその時、ルシールがショックで記憶を失っていたことも、すでにリカルドの子を身ごもっていたことも、わたしは知らなかった」

視線がクラウドのほうに向いた。

「わたしには、あんたがルシールの息子かどうかは分からない。ただ、魔物の子などでないことだけは確かだ。リカルドは立派な男だったが、わたしが魔物にしたのだ。魔物にして、わたしが殺させた」

しばらく沈黙があった後、ナミレスが口を開いた。

「なぜそのことを、今まで話さなかったのです」

「リカルドは、魔物に殺されたことになっていた。それは、ある意味で真実だった。わたしにはどうしても、あの魔物がリカルドだと告げることができなかったのだ。彼の家族、彼の友人たちに、リカルドの思い出を綺麗なまま残しておきたかった」

「しかし、ルシールの子供のことは…」

「知らなかったのだ。世捨て人として、ただ剣を守って生きることだけが、わたしの罪の償《つぐな》いに思えた。ルシールとその子供のことをきいたのは、エルデミロ様が亡くなった後だった」

フェイスはザイアードに、胸に抱えていた剣を差し出した。

「申し訳ありません。自分の身体に異状を感じた時に、これをあなたに渡すべきでした。なかなか決心がつかなかったのです。この剣は、わたしのすべての罪の証であり、贖罪《しょくざい》の印。この剣を手放すことは、わたしが生きる意味を失うことでもあったので」

ザイアードは魔剣を受け取った。そしていきなり、剣を引き抜いた。

「ザ、ザザザ、ザイアード！」

ニコルが仰天して叫ぶ。ザイアードはじっと剣刃を見つめた。何事も起こらず、鞘もそのまま残っていた。

「魔力は浄化された。この剣を抜くものに、もはや災いをもたらすことはないだろう」

「そ、そうなんだ…」

ザイアードは剣を鞘に戻し、ニコルに向き直った。

「よくやった、ニコル」

ニコルはぎょっとした。師匠に誉められるのは慣れていないのである。

「い、いいえ、俺がやったわけじゃないので…」

「だが、お前のおかげで白の魔術が発動した」

タイロンが、横でぱちっとニコルにウインクをした。ザイアードは続いて、ローランドに目をやった。

「あなたにも礼を言う、剣士ローランド。あなたでなければ、おそらく魔剣は浄化できなかっただろう」

「いいえ」

ローランドは静かに否定した。

「俺は何が起こるか承知で剣を抜き、人々を危険にさらしました。許されることじゃないでしょう」

「闇は、誰もが心の中に持っている。それに引きずられるか、それとも乗り越えるかは、自分次第なのだ」

その言葉は、その場にいる全員に染みとおっていった。

「今は、ゆっくり休むといい」

ザイアードが剣を手に寝室を後にする。ぞろぞろとほかのメンバーもそれに続いた。タイロンが残り、ニコルに呆れた目を向けた。

ザイアードを始め、領主やほかのみんながいる前で、ニコルはベッドに入ったまま、ローランドにひっついていた。今もひっついたままで、離れる気配もなかった。

「お前な、休ませろって言うのをきいたろ。あの白の魔術をまともにくらったら、普通の状態の人間なら生きてないんだぜ」

「俺が傍にいたほうが、ローランドは休めるんだよ。な？」

同意を求められて、ローランドは苦笑した。

「今は、逆らうだけの気力がない」

タイロンが同情的な眼差しを向けた。

「いろいろたいへんだと思うけど、こいつをよろしくな」

「いや。助けられてるのはこっちだ」

タイロンは少し驚いてから、にやっとした。ニコルが傍で赤くなっている。あのニコルが頬を染める、などという光景は、以前は見たことがなかった。彼の節操のなさを心配していた兄弟子としては、喜ぶべき変化だろう。

「まあ、その様子じゃ心配ないか。でもな、今日はあんまり彼に無理させるなよ、ニコル」

意味ありげに言われて、ニコルはますます赤くなった。

「どういう意味だよ」

「そのままだ」

ベーっと出された舌を背に、タイロンは笑いながら部屋を出た。


アルヴィンはベッドにぺたりと腰を下ろした。長い一日で、心身共に疲れきっていた。

「すべて無事に済んで、ほんとうにほっとしました。一時はどうなることかと思いましたから」

「ああ」

クラウドは立ったまま、いつかの夜と同じように、窓の外を見つめていた。

「あなたのことも、ちゃんと分かったでしょう？　少なくとも、あなたは魔物の子なんかじゃありません」

クラウドは振り向き、アルヴィンと目を合わせた。

「……え？」

「問題なのは、俺の素性じゃない。俺が、そういう人間だということだ」

「魔剣を抜いたのがローランドだったから、あの魔力にあれだけ抵抗することができた。俺が抜いていれば、瞬く間に本物の魔物に変化していただろう。リカルドと同じように」

「そんなこと……」

「違うと思うか？　俺の中には、血の匂いが好きな獣がいる。あんたは、その身をもって知ったはずだ」

ぴくっ、と小さくアルヴィンが震えた。まっすぐなブラウンの瞳が揺れる。クラウドは口元を歪めた。

「あんたにも、もう分かっただろう。あの町で、あんたみたいな奴と一緒に暮らそうなんて、俺もどうかしていた。あっちこっちで死体の山を築いてきた俺には、もっとふさわしい場所がある」

アルヴィンの顔から目をそらせた。

「俺があんたを傷つけることは、二度とない。俺は、あんたの人生から消える」

すっと扉に向かって足を踏み出す。アルヴィンが立ちあがり、進路をふさぐように立ちはだかった。

「馬鹿にしないでください」

右手が振りあげられ、クラウドは思いきり頬を殴られていた。痛めた右肩はまだ治っていなかったので、勢いあまったアルヴィンのほうが肩を押さえてうめいた。

「痛むのか？」

自分のことは棚にあげて思わずきいてしまったクラウドを、アルヴィンはにらみつけた。

「このくらい、どうってことありません。わたしは薬師なので、怪我には慣れてるんです」

ブラウンの瞳が、怒りに燃えたっていた。

「血の匂いが好きな獣？　それがなんだって言うんです。わたしがあなたを思う気持ちが、ニコルがローランドを思う気持ちよりも下だと思ってるんですか？　あなたが獣だろうが魔物だろうが、わたしの気持ちが変わるはずがないでしょう！」

人差し指で、クラウドのたくましい胸を突いた。

「あなたがわたしを傷つける？　あなたが何をしたところで、わたしを傷つけることなどできません。いいですか、あなたにその気がないなら、わたしがあなたを守ります。あなたを傷つける誰からも、何からも、たとえあなた自身からでも、あなたを守ってみせます！」

「アル…」

これほどのアルヴィンの剣幕を見るのは、初めてのことだった。守ってやる、などと人に言われたことも。

アルヴィンが恐れていたのは、クラウドの魔物の血ではなく、それがクラウドを傷つけることだったのだ。

確かにアルヴィンを、見くびっていたのかもしれないと思う。

すべてを受け入れることができる、彼の強さを。

「あなたがどうしても、わたしの傍にいるのが嫌、で、逃げ出したいのなら、とめることはできません。でも、自分を傷つけるのはやめてください」

怒りの爆発が収まってきて、アルヴィンの目に悲しみが浮いた。すうっと曇った瞳に我慢ができず、クラウドはアルヴィンを腕に抱き入れていた。

「俺がいつ、あんたを嫌だと言った」

「じゃあ、どうして、消えるなんて…」

「あんたは俺が、怖くないのか？」

不思議そうに顔があがった。

「どうしてです？」

「ひどいことを、しただろう…？」

思い出したように、アルヴィンが少し赤くなった。

「苦しかったですけど、怖くはありませんでした。相手はあなたですから」

「あんたを傷つけた」

「薬を塗れば、すぐ治ります」

クラウドの胸のあたりの服を、アルヴィンはきゅっと握った。

「ほんとうは、少し嬉しかったんです」

「…嬉しい？」

「いつもあなたはすごく優しくて、わたしは与えてもらってばかりでした。でもあの時は、あなたのわたしへの激情が感じられて、わたしもあなたに、何かあげられてるような気がして…」

さらに服を引っ張って、隠すように顔を伏せる。クラウドはそっと、ブラウンの髪を撫でた。

二度と触れてはいけないと思っていたやわらかな感触を、何度も確かめた。

「ほんとうに、俺はもらってばかりだ」

アルヴィンが顔を上向けた。

「あんたはいつも、俺が一番欲しかったものをくれる」

ぱあっとアルヴィンの顔が幸せそうに微笑んだ。クラウドはその顔を両手ではさみ、口づけた。

幸せが逃げ出さないうちに。


ぴったりとローランドの腕から離れないニコルは、何度も彼の具合を確かめた。

「傷は痛むか？」

「いや」

「身体は動くようになったか？」

「ああ」

「ほかに具合の悪いところは？」

「ない」

ニコルはローランドの腕を持ったまま、寝ている彼の腹を跨いで座った。

「じゃあ、やろう、ローランド」

「…タイロンにクギをさされてただろう」

「あんたの身体に、負担がかからないようにするから…」

いつもの誘うような瞳ではなく、奇妙に真剣な顔でニコルは言った。

「あんたを失うかと思って、すごく怖かったんだ。ほんとうに、すごく怖かった」

「ニコル…」

「あんたがちゃんとここにいるってことを、確かめたい。触ってるだけじゃ駄目なんだ。もっとローランドを感じたい」

「……」

体重をかけないようにしながら身体を倒し、ローランドにキスをする。唇に何度も触れて、頬や額にもキスを降らせていると、ローランドの手がニコルの顔を引き離した。

「ローランド…？」

いつもなら怒るところで不安そうな顔をされて、ローランドは困ったように眉を寄せた。

「嫌なわけじゃない」

安心させるように頭を撫でてから、その手をじっと見つめた。

「まだ何か、感触が残っている。自分ではない何かに変わっていく感触だ。自分自身を置き去りにして、どこかへ連れ去られていくような…」

ふっと息を吐いた。

「落ちつくまで、もう少し待ってくれ」

「ローランド」

ニコルはローランドの手を取って、なめらかな指先にキスをした。その手がごつごつと変形していた時と、同じように。

「あんたはどこにも行かないよ」

確信をこめて言った。

「俺がいる限り、どこにも行かない。俺が絶対に、あんたを引きとめるから。しがみついて離さないから、絶対大丈夫だ」

「ニコル…」

「だから、俺がいるのを感じてくれ」

唇にもう一度キスをする。今度はローランドも拒まなかった。

指で顔の輪郭を探り、唇で確かめた。額、鼻、頬、唇。瞳だけは、ずっと変わらなかった。ニコルの大好きな、夜のような瞳。

まぶたにキスをしてから、唇を下に移動させた。

首の包帯にそっと口づけ、鎖骨を舐めて、肩に移動する。目が覚めてからずっとしがみついていた腕に、上から下までキスをした。綺麗についた上腕部の筋肉に軽く噛みつく真似をすると、ローランドが笑った。

「食われそうだな」

「おいしそうなんだ」

改めて、ローランドの身体は綺麗だと思った。引き締まった剣士の身体。力強い腕は、守るためだけにその力を振るう。

決して自分を傷つけないその腕を、どれほどニコルが愛しているか、分かっているだろうかと思う。噛んだ場所を舌で舐めて、言葉の代わりにした。

胸に赤い痕をつけ、腹を舌ですうっと撫で、下腹部まで移動した。そこまできたら、もうためらうことなく、ローランドのものを口に含んだ。

彼の反応は、いつもより鈍かった。たぶん、まだ身体が戻っていないのだ。いつもより丁寧にしゃぶり、彼が硬くなってくるのに純粋な喜びを感じた。

「いい？」

「ああ。おいで」

ローランドの上に跨り、ゆっくり腰を下ろしていった。息を吐き、角度を調節し、彼を確実に迎え入れていく。

全部を呑みこんでから、彼を締めつけた。

「俺を、感じる…?」

「ああ」

「俺、も…、ローランド…、あ、ああっ」

ニコルは身体を揺らし、ローランドと自分の快感を追った。

「ローランド…、ここに、いるよな…」

「ああ、ここにいる」

ぐっと深く突き入れられて、ニコルの身体がのけぞった。

「あっ、ああっ!」

確かな熱に焦がされながら、感覚が千切れ飛んでいく。びくびく震える全身が砕ける瞬間に、ニコルは優しい獣の咆哮をきいたような気がした。

エピローグ

ノックの音に答えると、入ってきたのはクラウドだった。

「調子はどうだ？」

「まあまあだ」

ローランドは答え、クラウドの様子を確認した。彼がまとっていた、暗い影のようなものが消えている。理由は明らかだった。

「そっちは？」

「アルヴィンに殴られた」

「そいつは、見たかったな」

思わずにやついた。

「アルヴィンを怒らせるとヤバいと言っといただろう」

「身に染みたよ」

クラウドは苦笑して、ベッドの中のニコルを見た。ローランドの腕に手をかけて、安心しきったような顔でぐっすり眠っていた。

「ローランド」

「なんだ？」

「もう二度と、あんたに対して俺に剣を抜かさせないでくれ。これ以上寿命が縮んだら、すぐあの世行きだ」

ローランドはにやっとした。

「分かった」

「俺が妙なものに変わった時は、あんたに斬ってもらうからな」

「…それは勘弁してくれ」

「俺の気持ちが分かったか」

今度はクラウドがにやっとした。ちらりとニコルに目を走らせる。

「あの岩穴で、ずいぶん泣かせただろう。ニコルにはサービスしとけよ」

「そっちもな」

ローランドが言い返し、二人して思わず笑った。

フェイスは、山の小屋へ帰ることになった。

「わたしたちのところへ来ないか、フェイス」

ザイアードの言葉に、フェイスは深く頭《こうべ》を垂れた。

「わたしのような者に、身に余る言葉です。けれど、わたしの寿命はもうすぐ尽きる。わたしはあの小屋で、最後の時を迎えたいと思います」

「そうか」

「あのニコルという魔法使いは、おもしろいですね」

フェイスはかすかに笑った。

「意識を移行するのは、初めての者にはむずかしいもの。頭の中をのぞかれるのは嫌なもので、隠したいと思うものが誰にでもある。それなのにニコルは、簡単にわたしを受け入れた。あの白の魔術の強さは、わたし一人の力では成し得ません」

「あれは、わたしの弟子なのだ」

「冗談で草むしりをさせたら、真面目に自分の手でやってましたよ。あんな魔法使いは珍しい」

「…使える魔法がないからな」

「教えないんですか」

「あれはたぶん、あのままでいいのだ」

長い間生きてきたが、ザイアードが微笑したのを、フェイスは初めて見たように思った。


ニコルは目を覚まし、まずローランドの腕を確認した。

「いちいち腕の太さを確認するのは、そろそろやめないか？」

ローランドが溜め息をついた。

「あんたがどっかへ行きそうだとか言わなくなったら、やめる」

「行かないよ」

ローランドが軽くニコルの額にキスを落とした。

「お前がここにいるからな」

ニコルはちょっと笑って、しつこく腕を引き寄せた。

「ローランド、やらなくていいからな」

「何を？」

「俺のために戦ったりとか」

「それは、無理だな」

「俺のために何してくれる、とかもうきかないから」

「もうアルに妬かないのか？」

「いいんだよ。これから俺は、アルヴィンとあんたが一緒にいたよりずっと長い間、あんたといるつもりだから」

「そうか」

ローランドは優しく笑って言った。

「早く帰ろう。俺たちの町へ」

「うん」

「途中に川があったら、川っぺりに一緒に座ってやるから」

ニコルはくすくす笑った。

「楽しい思い出作り？」

「これから山ほどできる」

「うん」

「ずっと一緒にいるんだろう」

「うん」

ニコルは返事をしながら、またとろとろと眠りに引きこまれていった。とりあえずローランドの腕を抱えていると、安心だと思う。

ローランドの体調が万全になったら、もっと安心できることをしよう、とニコルは思いながら、今はただ子供のように眠ることにした。

嘆《なげ》きの獣《けもの》

CROSS NOVELS

『あなたを信じてるよ』

まっすぐな目をした青年は、ためらいもせずにそう言った。

剣を持たせれば誰にも負けず、領主と領民を守っていた輝かしい剣士。彼に絶対的な信頼を寄せられていることが、どれだけ誇りだったことか。

その信頼に値する人間ではなかったにもかかわらず。


「大丈夫か？」

リドラックに声をかけられ、フェイスはベッドの上で身体を起こした。

「無理をするな」

「心配はいらない」

フェイスはベッドから下り、しっかりした足取りで立ちあがった。フェイスが住む山の中の小さな小屋は、寝室にしている脇部屋と、簡素なテーブルと椅子が置かれた居間があるだけだ。

「せっかく訪ねてくれたんだ。茶ぐらいはいれよう」

「そんなことはわたしが…」

「病人扱いしないでいい。まだ死にはしない」

フェイスは白い茶器に茶を入れ、椅子に座ったリドラックの前に置いた。

「ほんとうに、サネアの町に来る気はないのか」

リドラックの言葉に、フェイスは頷いた。

「わたしは、ここが気にいっている」

「ナミレス様も、昔のことは気にせず、戻って欲しいとおっしゃっている」

「ありがたいお話だ。だが…」

「あれは、不幸な事故だったんだ。今回、あなたのおかげで魔剣を浄化することができた。罪の償いはもう充分だと思うが」

「そういうことではないのだ」

フェイスは深い溜め息をついた。

「わたしはかつて、自分は特別だと思っていた。魔法使いは通常、あまり人々と親しく付き合わない。しかしわたしは、町で人々と暮らし、触れ合うのが楽しかった。その中でも、リカルドといる時間が、わたしには一番大切だった」

フェイスは、まだリカルドが幼い頃から傍にいた。魔法使いであるフェイスをリカルドは慕い、何かあるたびに報告しにやってきた。リカルドが成長するにつれ、彼らは誰よりも親しい友人となった。

彼が剣の腕を磨き、守備隊長に任じられたのを、フェイスは自分のことのように喜んだ。ルシールとの恋を打ち明けられたのは、おそらくフェイスだけだっただろう。

『君が相手なら、エルデミロ様は文句なく祝福してくださるはずだ』

フェイスがそう言うと、リカルドは今まで見せたことのない表情を浮かべた。

『今は戦争中だ。争いを終え、平和な時にルシールと結ばれたい。彼女は気丈に見えて、もろいところがあるから、大事にしてやりたいんだ』

『…そうか。すっかり一人前の男になったんだな』

『からかうなよ』

フェイスは二人の幸せを願っていたはずだった。争いを早く終わらせるために、魔剣を浄化しようと思っていたはずだ。

けれども、自分だけは騙せなかった。心の底に別の感情があったことを。

「そう、あの時、わたしはルシールに嫉妬していた。リカルドにあれほど愛されていることに。彼がわたしから離れていくことが、辛かった。心のどこかで、リカルドにとってわたしの存在が、ルシールと比べてどれだけのものなのか、知りたいと思っていたのだろう」

苦い後悔が声にあふれた。

「魔剣を抜いてくれと頼むことで、わたしは彼を試そうとしたのだ」

そしてリカルドが、躊躇なく危険な仕事を引きうけた時、フェイスは優越感を感じた。ルシールに対して。命を賭けてもいいほど、信頼されているのは自分だと。

「その結果が、あれだ。わたしの罪は、許されるものじゃない」

「フェイス…」

「魔法使いが感情を消して、人と交わらなくなるのには理由がある。感情は判断を狂わせ、力があればあるほど、恐ろしい結果を引き起こす。魔法使いは、感情など持ってはいけないのだ」

「わたしには、感情のすべてが悪いことだとは思えない。誰かを愛しいとか、大切に思う気持ちは、正しいことも成すはずだ」

フェイスは暗い瞳をリドラックに向けた。

「同じことだ。心から愛した者に裏切られたら、何をする？　大切な者を守るためなら、何を犠牲にする？　愛もまた、闇を呼び寄せる」

「ザイアードの言うように、乗り越えられるとは思わないか」

「わたしには、できなかった。だからこそ、わたしはここを離れるつもりはない」

決意の固さを読み取って、リドラックは溜め息をついた。

「分かった。だが、助けがいる時は、遠慮なく呼んでくれ」

「心遣い、感謝する」

二人の魔法使いは握手をして、別れを告げた。

「おかえりなさい」

町に戻ったリドラックを、子犬のようにキアナが出迎えた。

「フェイスは？」

「やはり、町には来ないようだ」

「意地張ってるのかな。病気なのに」

肩をすくめるリドラックに、キアナは明るい顔を向けた。

「心配なら僕が時々様子を見に行くから、大丈夫だよ」

「そうか」

キアナはリドラックの手をつかんで引っ張った。

「帰りを待ってたんだ。アルヴィンが精神集中の仕方を教えてくれた。僕のカードを見てくれよ」

手をつないだまま歩き出す。リドラックはその手を振り解いた。

「まだわたしには、やることがある。カードを見るのは後だ」

「リドラック…」

「ちょうどいい機会だ。しっかり勉強しろ」

踵を返して歩き去る長身の背中を、キアナは小さく唇を噛んで見送った。

「なんだ、お帰りのキスもしないのか」

からかうような声に、キアナはきっと振り向いた。

「余計なこと言うなよ、ニコル」

ニコルはにやにや笑いを崩さなかった。

ローランドの体調が旅をするのに万全ではないため、彼らはまだサネアの町に留まっていた。ローランド本人はもう大丈夫だと言うのだが、アルヴィンが許可しないのである。こういう場合は、誰もアルヴィンの意見に反論できなかった。

領主のナミレスを始め、周りの人々にヒーロー扱いされていたので、待遇としては文句はない。それでも城下町の暮らしは平穏すぎて、ニコルは退屈を持て余しつつあった。

「ああゆう相手には、もうちょっと積極的にならないと」

「うるさい」

キアナはむっとした顔でずんずん歩いていく。ニコルは軽い足取りで隣に並んだ。

「リドラックはあれで鈍感そうだから、もう子供じゃないってアピールしたほうがいいぞ」

「なんでそう、僕にかまうんだよ」

「ヒマだから」

あっさり言われて、キアナはまなじりを吊りあげた。

「すっごく迷惑だ」

「まあまあ。俺がいる間に、恋人の攻略法を覚えといたほうがいいぞ」

「僕はアルヴィンに預言者のことを習うほうがいい」

「リドラックのことは、俺のほうがくわしい」

「なんで」

「魔法使いだから」

キアナはぐっとつまり、それから小さく息を吐き出した。

「じゃあ、最近彼の様子がおかしいのはどうしてか、分かるのかよ」

「何がおかしいって？」

「なんか、僕を避けてるみたいなんだ。前はもっと一緒にいてくれたのに」

「ふーん」

ニコルはおもしろそうに片眉をあげた。

「理由は二つ考えられるな。一つめは、お前の面倒をみるのがウザくなって、離れたいと思っている」

「…もう一つは？」

「お前を意識するようになって、距離を置こうとしている」

「意識って？」

「オトナの心のキビなんて、分かんないだろうなあ」

「なんだよ、やっぱりからかってるんじゃないか！　あんただってヒヨッコのくせに！」

怒って行ってしまうキアナを、ちょっと嬉しそうにニコルは見送った。キアナをからかうのは、なんだか弟みたいな感じがして楽しいのだ。ローランドがアルヴィンに対して持っている気持ちが、少し分かるような気もする。

考えたとたんにローランドの姿が目に入り、ニコルは駆け出した。

「ローランド！」

胸に飛びつくと、ローランドが両手で受けとめてくれた。

「なんだ？」

「また俺をおいてっただろう」

「俺はリハビリ中だ」

「今日も山歩き？」

「とにかく、アルヴィンを納得させないと帰れないからな」

ローランドは溜め息をついた。白の魔術をくらった影響で、ローランドはかなり体力を奪われていた。帰りの旅に備え、萎えた筋肉を元に戻すべく、身体の鍛錬にいそしんでいるところだった。

「なんだか最近は、ずっとクラウドと一緒にいるじゃないか」

「身体を鍛えるのに付き合ってもらってるんだ。お前と一緒だと、訓練にならないだろう」

「俺と一緒なら、別の訓練ができるのに」

ぐりぐりと頭を擦り寄せるニコルを、ローランドが引き離した。

「早く帰りたいなら、少しは協力しろ」

ニコルはへへっと笑った。

「帰りたいは帰りたいんだけど、今ちょっと、おもしろそうなんだ」

「またキアナにかまってるな」

「なんか放っとけないからさ、あいつ」

「余計なことに首を突っ込むのはやめとけよ」

「なんだよ、余計なことって」

ニコルは唇を尖らせたが、すぐに思い出し笑いが浮かんだ。

「でも、けっこう、うまくいくかもなあ」

「お前はまた…」

「心配しないで、ローランドは早く身体を治してくれ。そのほうが俺も嬉しいし」

赤い唇をぺろっと舐める。ローランドは再び溜め息をついた。ニコルの退屈の虫が妙なことを引き起こす前に、帰り支度を始めるほうがよさそうだった。


「ダメだ……」

バラバラと手から零《こぼ》れるカードに、キアナは呟いた。リドラックのことを占おうとすると、いつも必ず失敗する。

預言者は自分のためにその力を使ってはいけない。それは分かっているのだが、やらずにはいられないのだ。カードが何も教えてくれないのは、自分でも間違ったことをしていると分かっているからなのだろう。

キアナは両親を知らない。身寄りのない彼を引きとってくれた鍛冶屋で、ずっと下働きとして育てられた。

十歳になった頃、キアナは妙な夢を見た。鍛冶屋の主人は、鷹を一羽飼っていた。それは旅の商人から買ったもので、主人はその鷹がひどく自慢だった。キアナが見た夢は、その鷹に主人が襲われ、片目を失うというものだった。

ただの夢だと思いながらも、キアナは怖くて仕方がなかった。それでとうとう、鷹を繋いでいた皮紐をこっそり切ってしまったのだ。鷹は高く鳴いて飛びあがり、瞬く間に遠くに行ってしまった。

当然のことながら、主人は激怒した。キアナはさんざん殴られて、通りに放り出された。行く当てもなく、ただ裏路地に座って泣いていた。その時、白くて綺麗な手が差し出されたのだ。

「どうした？　何を泣いている？」

白い手の持ち主は、今まで見たことがないほど綺麗な人だった。白に近いほど薄い色の金髪、白い肌、ガラスのような銀色の瞳。全身に光が溶けこんでいるようだった。

「誰かに殴られたのか？」

血の滲んだ唇に白い手が触れる。そうすると、不思議なことに痛みが消えていった。

彼が白の魔法使いだと知ったのは、鍛冶屋から正式に引き取られることが決まった日だった。

領主様のお屋敷に行く、ときかされて、キアナは不安でたまらなかった。

「おいで」

差し出された手をおずおずと握ると、初めて綺麗な顔が微笑んでくれた。

「もう泣くんじゃない。これからは、わたしがいる」

あの時から、リドラックはキアナのすべてになった。

キアナが見た夢はおそらく現実になっただろう、と言われた時は、ひどく怖かった。リドラックは辛抱強く、キアナが持っている力とその意味を教えてくれた。

預言者として認められることは、キアナにとって生きる目的になった。なにより、リドラックの役にたちたかった。彼に必要とされる人間になりたかったのだ。

それなのに、近頃リドラックが自分に対して冷たく感じられる。気のせいだと思おうとしたが、駄目だった。怒らせるような何をしたのか考えてみても、キアナにはその理由がどうしても分からなかった。


塔の頂部にある八角形の部屋は、リドラックの気に入りの場所だ。抜け道や隠し部屋があり、子供の頃のキアナには格好の遊び場所だった。

その部屋で窓の前にたたずむリドラックを見つけ、キアナはどきりとした。山を見つめるリドラックは、どことなく淋しそうに見える。あまり表情の変わらないリドラックの心を、いつもキアナは知りたいと思っていた。

「リドラック！」

キアナは抜け道から飛び出して、リドラックの背中に抱きついた。子供の頃、よくそうしたように。そうすると、いつも微笑んでくれたのだ。

だが、リドラックはわずかに眉を寄せ、キアナの身体を引き剝がした。

「いつまでも、子供のような真似をするな」

「ごめん…」

気落ちする心を奮《ふる》いたたせて、キアナは笑みを浮かべた。

「時間ができたら、カードを見てくれるって言っただろ。今日ならいいかと思って」

「アルヴィンに習うのは、勉強になるようだな」

「うん。アルは優しいし、精神を集中すると、遠い場所でも感知することができるんだ」

「お前にはわたしより、預言者の師をつけたほうがいいようだ」

「え？」

言われた意味が分からないでいると、リドラックが小卓から手紙を取りあげた。

「ファンドランドのマライに、紹介状を書いた。彼はすばらしい預言者だ。彼の元で学ぶことは、お前にとって得がたい経験となるだろう」

「ファンドランド？　そんな遠く…」

「学び終わったら、帰ってくればいい」

「リドラック…」

キアナの胸に、絶望が込みあげた。ニコルの言ったことは当たっていたのだ。一つ目の理由が。

「そんなに僕を、遠くにやりたいんだ…」

「キアナ？」

「それならそう、はっきり言えばいいんだ。僕の面倒をみるのが嫌になったんだろ。いつまでたっても、僕が一人前の預言者になれないから。役にたたない僕は、もういらないんだ」

「何を言っている」

「よく分かったよ。僕がうるさい？　僕が邪魔？　だったら、うっとうしいから近寄るなって、言ってくれればよかったんだ。そうすれば、こんな身分に合わないお屋敷、さっさと出て行ったのに！　初めから僕なんか拾わなきゃよかったんだ！」

キアナは叫び、部屋を飛び出した。


屋敷の玄関前で、ニコルはキアナと真正面から衝突した。すごい勢いだったので、ニコルはしりもちをついていた。

「いってー。どこ見てるんだよ」

身体の上に倒れこんだ相手に文句を言ったが、キアナの様子を見ると、驚きが痛みを上回ってしまった。

「お前、何泣いてるんだ？」

「ど、どうでもいいだろ、僕はここを出て行くんだから」

「出て行く？　出てってどうするんだ」

「一人で暮らす」

「一人で？　お前みたいなガキが一人でどうするんだ。むちゃ言うなよ、預言者のくせに」

「うるさいっ」

「とにかく、ちょっと落ち着け」

ニコルはキアナの背中をさすってやり、手を貸して立たせた。それから庭に連れ出して、ベンチに座らせた。

「何があったんだ？」

キアナは袖でごしごしと目をこすり、じっと地面を見つめた。

「リドラックが、僕をファンドランドにやるって」

「ファンドランド？　確か有名な預言者がいたな」

「そこで勉強しろって」

「そりゃ、お前のためだろう」

「違う…。リドラックは僕がウザくて、離れたいんだ」

ニコルはぽりぽりと頭をかいた。

「俺が言ったのは、単なる推測で…」

「以前は、僕が抱きついたら抱き返してくれたんだ。それで、笑ってくれて…。でももう、触れてもくれないし、笑ってもくれない。リドラックに嫌われたら、僕はここにはいられない…」

「はっきりそう言われたのか?」

「言わなかったけど、でも…」

「だったら早まるなよ。恋人の攻略法の一番大事な点は、諦めないことだ」

「そんなこと言ったって…」

「あの魔法使いが、お前には笑ってたんだろ。もう一つの理由の可能性のほうが高いと思うね」

「もう一つの…?」

「とにかく、簡単に諦めるなよ。ずっと想ってたんだろう。出て行ったら、もう会えなくなるんだぞ。それでいいのか?」

「…会えないのは、嫌だ…」

ニコルはうなだれたキアナの髪を、くしゃくしゃと撫でた。


「こんばんは」

するりと部屋に入りこんだニコルに、リドラックはわずかに顔をしかめた。

「ここは、わたしの私室だが」

「だから来たんじゃないか」

平然と答えて、ニコルは勝手に椅子に座った。

「キアナをファンドランドにやるんだって？」

「そのほうが、キアナのためだ」

「あんたのためでもあるんだよな」

「何が言いたい？」

それには答えず、ニコルは話題を変えた。

「あいつ、かわいいよなあ。子犬みたいでさ。たまには、ああゆうタイプと遊ぶのもいいかもな」

「君にはローランドがいるだろう」

「遊ぶのは別。キアナは初心《うぶ》だからね。この俺が本気で誘惑したら、落とすのは簡単そうだ。どう思う？」

ニコルはリドラックに扇情的な笑みを向けた。

「いい加減にしろ。いくら君が…」

リドラックが口にしなかった言葉を、ニコルが続けた。

「力のない魔法使いだからって？」

「……………」

「力のある魔法使いは、人を好きになれないわけだ」

「感情は、判断を狂わせる。闇に惑わされて、悲劇を呼ぶわけにはいかない」

「だから、火種になりそうな危ないものは排除しておく？」

「君には関係ないだろう」

テーブルの上にあった葡萄酒のグラスが飛んで、ニコルの手の中に収まった。唯一使える魔法で呼び寄せたグラスから、ニコルはゆっくり葡萄酒を飲んだ。

「預言者にも分からない未来を心配するなら、俺なんか火種だらけでタイヘンだよな。なにしろ父親が黒魔術師だし、こんな物質移動より強い力が欲しいと思ってるし、ケアルなんて奴に気に入られてるし。とっとと闇に捕まって、大悲劇を呼びそうだ」

ニコルの薄青い目がきらめいた。

「それでも、俺には自信がある。俺は、闇の者にはならない。なぜなら、ローランドがいるからだ。あいつがいる限り、絶対に俺を引き戻してくれる。俺も、絶対に引き戻す。だから、俺たちは強いんだ」

リドラックは何も言わなかったが、銀色の瞳が彼の感情を表して揺らめいている。ニコルは勢いよく椅子から立ちあがり、グラスをリドラックに押しつけた。

「あんたが傍にいなくなれば、俺が手を出さなくったって、そのうちキアナは誰かに恋をするんだぜ。ほかの人間とらぶらぶしているキアナを見てるのと、さっさと自分のものにしておくのと、どっちが精神衛生上いいと思う？」

色っぽいウインクをして、ニコルは部屋を出て行った。


ベンチに座ったまま、ぼうっと足元を見ていたキアナは、目の前に立っているリドラックに気づいてぎょっとした。思わず逃げ出したくなったが、ニコルの言葉を思い出して踏み留まった。

「リドラック、さっきは、その…」

「人の話はきちんと聞くものだ」

「ごめん…」

「わたしはお前をうるさく思ったり、邪魔だと思ったことはない」

「ほんと…？」

「ああ」

キアナの瞳が、喜びに輝いた。早まって出て行かなくてよかったのだ。キアナは少しばかりニコルを尊敬した。

「ファンドランドに行きたくないのか？」

「僕のためだってことは、分かってるんだ。僕のわがままだって…。でも僕は、リドラックの傍にいたいんだ」

「それなら、傍にいればいい」

「え…」

信じられないように、キアナは目を見開いた。

「ほ、ほんと？」

「ああ」

「ずっと、傍にいてもいい…？」

リドラックは静かに微笑んだ。

「お前が望むだけ」

「リドラック…！」

キアナは立ちあがると同時に、リドラックに抱きついていた。リドラックの腕が、抱き返してくれる。昔のように。

それだけで、キアナは胸がつぶれるほど幸せだった。

いきなり抱きついてきたニコルを、ローランドは慌てて抱きとめた。

「なんなんだ、お前は」

「抱きついたら、抱き返してくれるっていうのは、いいよなあ」

「はあ？」

「なんだか、いい気分なんだ」

「…それはよかったな」

「ローランドにも、この気分をお裾分けしよう」

「遠慮しておく」

「なんでだよ」

不満そうな顔で身体を離すと、ローランドが笑った。

「お前がいれば、俺はいつでもいい気分だからな」

ニコルの身体が固まってしまった。

「…だから、そういうのはずるいって…」

「何を赤くなってるんだ」

「うるさいなっ」

ニコルは自分の顔を隠すようにして、ローランドにキスをした。

「もう、体力は戻ったんだろ」

「ああ」

「じゃあ、遠慮しないからな」

「お前がいつ遠慮したって？」

「俺の本気を見せてやる」

ニコルはまだ顔を赤くしたまま、ローランドの手を引いて寝室に向かった。


「そろそろ、帰る頃合ですね」

夜空に昇った月を見ながら、アルヴィンが呟いた。

「ああ。ローランドが焦れてるぞ。今日は剣の稽古に付き合わされた」

クラウドの言葉に、アルヴィンは微笑んだ。

「彼の調子はどうでした？」

「上々だ。前より気合が入っている」

「よかった」

あまり嬉しそうではない声に、クラウドは眉を寄せた。

「どうした？　帰らないのは、ローランドの体調のためじゃないのか？」

クラウドはアルヴィンに近寄り、すぐ傍でとまった。

「帰りたくない理由でもあるのか？」

アルヴィンはしばらく沈黙した後、身体を傾けてクラウドの胸に額をつけた。

「どうしてわたしに、触ってくれないんですか？」

ぎくっとしたように、クラウドの身体が揺れた。

「傷なんか、もうとっくに治ってます。ローランドよりずっと軽かったんですから」

「アル…」

「旅に出てしまったら、ちゃんとした宿に泊まれないこともあるし、四人で雑魚寝《ざこね》になる時もあるし、だから、ここにいる間にあなたと…」

アルヴィンはためらい、赤くなって続けた。

「したくて…」

クラウドはぐっと唇を引き結び、肩をつかんでアルヴィンの身体を遠ざけた。アルヴィンは顔を曇らせ、急いで傍を離れた。

「すみません、浅ましいことを言って。気にしないでください。明日には帰ることを二人に……」

「アル」

後ろからぎゅっと抱き締められて、アルヴィンは震えた。

「あんたは無防備すぎる。そんなことを言われたら、抑えがきかなくなるだろう」

「わたしにはもう、触りたくないんじゃ……」

「冗談じゃない。あんたを脅えさせたくなくて、俺がどれだけ我慢してると思ってるんだ」

「我慢なんかしないでください」

「どうなっても知らないぞ」

「大丈夫です」

アルヴィンは顔をめぐらせて、にっこりした。

「それで帰る日が遅れても、ローランドの体調のせいにしますから」

クラウドは少々面食らい、それから、アルヴィンにだけ見せる微笑を浮かべた。いたずらっぽい唇にキスをする。優しい顔立ちの恋人が、実はけっこうしたたかなのを思い出しながら。

恋人たちの夜は、始まったばかりだった。

あとがき

こんにちは。洸《あきら》です。

このシリーズも三作目となりました。お付き合いくださっているみなさまに、厚く御礼申し上げます。

カップルが複数出てくると、受けキャラ同士が仲良くなるのはよくありそうですが、攻めキャラ同士というのは、妙に気になったりします。いわゆる、オス・ライオン同士（?）。

今回は、どっちが強いかっていうと、肉体的にはクラウドが上ですが、精神的にはローランドが上とゆうような…。心を許せる友人もいなかったクラウドなので、友達ができてよかったね、とゆー、彼を幸せにしよう企画だったような気もしてます…。

ニコルもちょっとはオトナになったんじゃないかと、三作目にして思っているところです。

変身ものをやってしまいましたが、変身ものといえば、その昔『超人ハルク』とか見てましたねえ。映画でリメイクされましたが、怒りを感じるとハルクになってしまう主人公の悲しさは、昔のテレビドラマのほうがずっと感動的でした。

毎回、ハルクになると服を破ってたので、元に戻った時どうしてるのかと、子供心に心配したものです。

よく夜中にテレビでやっていた、古いホラー映画の『蝿男の恐怖』も、クローネンバーグが『ザ・フライ』でリメイクしてましたね。映像としては気持ち悪さが倍増してましたが、やっぱり前作のほうが悲しい話でした。

頭と片手がハエになるという、ふるーい特撮ですが、話せなくなった彼が死を覚悟して、恋人に『愛してる…』と書き残すところは泣かせるものがありました。

やっぱり変身ものは、悲しくないといけません。(違うって？)

緒田涼歌さん、今回もステキなファンタジーの挿絵をありがとうございました。前作などお知りになりたい方は、「祭り囃子」のサイトを覗いてみてください。 http://www1.odn.ne.jp/matsurib
最後に、読んでくださったみなさまに深い感謝をささげます。

２００５年初夏　洸

CROSS NOVELS既刊好評発売中 定価:900円（税込）

洸の本

運命の出会いが
運命の恋に変わる瞬間——

月華《げっか》の誘《いざな》い

闇の抱擁・光のキス2

Illust 緒田涼歌

美貌の預言者・アルヴィンは、満月の晩に斬り付けられて深手を負ったクラウドを保護する。闇夜のような暗い瞳を持つ彼の孤独な魂にいつしか惹かれていたアルヴィン。一方で、クラウドはアルヴィンの気持ちを知り、同じ気持ちを抱きながらも情を交わす事でアルヴィンが預言者としての力を失う可能性が有るため、身を引くつもりでいた。彼を置いて旅立つクラウドだったが、追いかけて来たアルヴィンを町に迫る災厄から守るめに戻るクラウドだったが……。

CROSS NOVELS

CROSS NOVELSをお買い上げいただき
ありがとうございます。
この本を読んだご意見・ご感想をお寄せください。

〒110-8625
東京都台東区東上野4-8-1　笠倉出版社
CROSS NOVELS 編集部
「洸 先生」係／「緒田涼歌先生」係

CROSS NOVELS

暗夜の獣
<闇の抱擁・光のキス3>

著者

洸

2005年7月24日　初版発行　検印廃止
発行者　笠倉嗣仁
発行所　株式会社　笠倉出版社
〒110-8625　東京都台東区東上野4-8-1　笠倉ビル
[営業]TEL　03-3847-1155
FAX　03-3847-1154
[編集]TEL　03-5828-1234
FAX　03-5828-8666
http://www.kasakura.co.jp/
振替口座　00130-9-75686
印刷　株式会社　光邦
装丁　ケンヂ★イトウ
ISBN　4-7730-0303-0
Printed in japan